Contents

イラスト／一夜人見

どうしてこんな事になっちゃったんだろう。

ルサカは泣きながら、閉じ込められた檻《おり》の鉄柵を握りしめる。馬車は山道を走っているのか、ひどく揺れていた。物音もガタガタとひどい。幌馬車の中はたくさんの財宝や美術品、織物などがひしめき、時折檻にぶつかっては、不安を煽るような、嫌な物音を立てていた。

「……ちょうど、こんな感じの男の子が欲しいって注文があったんだよ。これはいい値段で売れそうだ」

ぼそぼそと下卑《げび》た男の声が聞こえる。

「またあの変態の旦那だろ。幼い男の子が大好きな。……ちょっと旦那の好みとしたら育ち過ぎかもしれねぇが、これだけ可愛い顔してたら買うだろ。……見たか、あの白い足。そういう趣味じゃなくても味見したくなるようないやらしさがあるよな」

「やっちまったら価値が下がる。あの旦那は初々《ういうい》しいのが大好きだからな……」

とんでもない会話をしている。ルサカはただ泣きじゃくるしかなかった。

どうしてこんな事に。

ケーキにのせるハーブが欲しくて、少し横道にそれただけだったのに、どうしてそこで人《ひと》攫《さら》いなんかに鉢合わせてしまうんだ。しかも変態に売られる算段までもうついているらしい。ルサカは自分の不運を呪った。今日は、ライアネル様の誕生日だったのに。一緒にお祝いするはずだったのに。もう二度と、ライアネル様に会う事すら、できないかもしれない。

「ライアネル様、お誕生日おめでとうございます！　……今日のお祝いのケーキ、ぼくが作りますから、早く帰ってきてくださいね」

玄関先でクロークを羽織るライアネルを、ルサカは笑顔で見上げる。ルサカはこの主《あるじ》が大好きだった。金色の髪に、みどりの瞳。その大きな背中に、子供の頃はよく飛びついたものだった。いかつい見た目とは裏腹に、ライアネルはとても優しく、穏やかな気性だった。

主のライアネル・ヴァンダイクは、今年三十二歳になる。ルトリッツ騎士団国の騎士で、昨年、第六騎士団の副団長に就任し、順風満帆《じゅんぷうまんぱん》な出世街道を歩んでいた。

ルサカは七歳の時に、騎士団の福祉政策によって、ライアネルに引き取られた。ルトリッツ騎士団国では、身寄りのない子供は、騎士団の団員が引き取り、仕事を教え、教育を与え、養う、という決まりがあった。通常は家庭を持った騎士の家に預けられるが、その年は悪い疫病がはやり、孤児が街に溢《あふ》れんばかりになってしまった。そこで急遽《きゅうきょ》、家計に余裕のある騎士でやる気があるならば、独身でも子供を引き取れる、という新ルールが適用される事になった。

ライアネルはちょうどその頃、両親の遺産を相続し、屋敷を構えたばかりだった。部屋数もある、使用人もいる。子供ひとりを養う財産も、問題なくある。ライアネルは迷わず、孤児を引き取る事にした。そしてやってきた孤児が、ルサカだった。

「それは楽しみだ。できるだけ急いで帰ってこよう」

ライアネルは、ルサカの濃いココア色の髪をくしゃっと撫でる。

「いってらっしゃいませ、ライアネル様」

ルサカは笑顔でライアネルを見送る。今朝までは幸せな、いつも通りの朝だった。大好きなライアネルを見送って、いつものように市場へ買物に出ただけのはずだった。

もう二度と、ライアネル様に会えないかもしれない。

そう考えると、ルサカは涙が止まらなかった。泣き続けて声も嗄《か》れ、疲れ果てていたが、これから先、自分がどうなるか考えると、眠る事すらできなかった。行く末を悲観し、絶望しきったその時、聞いた事もない大きな、鼓膜を引き裂きそうな何かの鳴き声を聞いた。

「……なんだって、こんなところに竜が!?」

「逃げろ、殺される！　炎を吐かれでもしたら…！」

そんな悲鳴のような声が聞こえる。

ルサカは混乱していた。竜？　この辺りに竜がいるなんて、聞いた事もない。逃げるチャンスかもしれないが、この檻の中ではどうにもならない。ルサカが困惑している間に、幌馬車は激しく揺れ、それからふわりと宙に舞い上がった。

紅《あか》く輝く艶やかな鱗《うろこ》を持つその巨大な身体は、青白い焔《ほむら》を纏っていた。

焔纏う火炎の竜は、ルトリッツ騎士団国の国境近く、針葉樹の深い森に守られた高く険しい山の上の、古びた城の天辺《てっぺん》に降り立った。その古城の石張りの屋上に、たった今、奪ってきた幌馬車をそっと置く。

硬い鱗に覆われた前脚の鋭い爪を幌にかけ、引き裂くと、引き裂いた裂け目から、華やかな織物や美術品、切り出された大きな水晶の塊《かたまり》などが零《こぼ》れ落ちる。

竜は美しい物が大好きだ。よくおとぎ話や絵本の挿絵に、財宝の詰まった洞窟に竜が蹲《うずくま》る姿が描かれているが、それは正しい。竜は綺麗《きれい》なものを集める。手に入れた財宝の美しさと輝きに、満足げに小さな声で一声、鳴く。

幌の中に、錆《さび》の浮いた鉄の檻の檻がひとつ、置かれていた。その冷たい檻の中に、気を失ったひとりの少年がいる事に、竜はやっと気付いた。それは、竜が未だかつて見た事がないくらいに、美しい人間だった。

無防備に身体を投げ出しているその姿は、ひどくあどけなく、いたいけに見える。頬は蒼《そう》白《はく》だった。赤みを帯びた濃い焦げ茶色の髪と、閉じられた瞳を縁取る長い睫《まつげ》が、そのなめらかな白い肌をより儚《はかな》げに見せていて、胸が痛くなるような可憐さだった。

竜は再び、小さな声で一声、鳴く。

「さっそく人間捕まえてきたんですか？　やっぱり、巣を構えたら入用《いりよう》ですよね、人間」

少し子供っぽい、しかし実に歯切れのよいしゃべり方だった。珊瑚色《さんごいろ》の髪に尖った耳の、露骨に人間じゃなさそうな姿をしたスーツの少年は、カタログを並べながら言った。

「これは可愛い子ですね。人間にも色々ランクがありますが、これはすごくよさそうです。眠っていても可愛い」

「捕まえたっていうか、奪った馬車の中にいたんだ。ね、すごく綺麗で可愛いよね。こんな可愛い人間、初めて見たよ。……だから、このままうちにいてもらおうと思って」

こちらはおっとりしたお坊ちゃん風の喋《しゃべ》り方。燃えるような赤毛に、不思議なすみれ色の目をした、とても綺麗な顔立ちの少年だ。少年と言っても、前者よりは年が上な雰囲気。少年というには大人びていて、かといって青年というにまだ子供っぽさが残っている。二十歳くらいだろうか。

「なるほど。まだ巣を構えたばかりなのに素早いと思ったらそういう事ですか」

納得したように頷《うなず》きながら、カタログをぱらぱらめくり、おすすめ商品に印をつけ始める。

「ダーダネルス百貨店は人間とか扱ってないだろう？　買えたら楽なのに」

赤毛は何やら物騒な事を言っている。

「人間なんて商品価値ないですからね。その辺にゴロゴロいますし、必要なら幾らでも取ってこられますし。……しかしご安心ください。我がダーダネルス百貨店ならば、『初めてでも安心セット』こちらをご用意しております」

素早くトランクから大きな箱を取り出す。

「すごいなあ珊瑚《さんご》さん。こんなの持ち歩いてるの？」

珊瑚と呼ばれた少年は、得意げに胸を張る。

「竜のお客様が独り立ちなさったら、まず人間でしょう。なんにしても巣には人間が必要ですしね。そんなわけで、いつでもお客様が不自由なさらないよう、こうして初めて人間を飼う竜向けのセットをですね……」

更にトランクから、『初級　人間の飼い方』と書かれた本を取り出す。赤毛はそれを受け取って、パラパラとページをめくる。

「うわー結構人間って、飼うの難しいんだね……」

「そうですね。この子はちょっと小さいので、育てるのが大変かもしれません。人間はとっても弱い生き物で、小さければ小さいほど、弱いし、寂しがりやなんですよ。……なもんで、すぐ死にます」

「えええ本当に!?」

「ただ、小さいほど、よくなつきます。だからあえて小さいのを攫ってくるんだというお客様もいらっしゃるくらいです。……小さい方が躾《しつけ》もしやすいと聞きますね」

「そうなのかあ。……仲良くできるといいなあ。あ、珊瑚さん、当座、人間が必要そうなもの、置いていってくれる?」

「ダーダネルス百貨店勤続三百年のこの珊瑚にお任せください。タキア様をうならせるラインナップをご用意しましょう」


ぱちっと音がしそうなくらい、はっきりとルサカは目を開けた。見慣れない古ぼけた、クモの巣の張った天井が目に映る。

ここはどこだろう。

起き上がって辺りを見渡すと、傍《そば》の椅子に座って本を読んでいた赤毛の男が顔を上げた。

「……目が覚めた？　……こんにちは、はじめまして」

燃えるような赤毛に、鮮やかなすみれ色の瞳。ルサカが見た事もないほど、整った綺麗な顔をした男だった。文字通り、綺麗。それに尽きる。端整な顔立ちというのはこういう顔をいうのか。

しみじみとルサカは見上げる。こんな見事な赤褐色の髪も、こんな不思議な深いすみれ色の瞳も、見た事がない。あまりにも人間離れした繊細な美しさに、ルサカは思わず声もなく、見とれてしまった。

年齢は何歳くらいだろう。少年とも青年とも、どちらとも言えない感じだ。

「僕はタキア。……君の名前は？」

悪い人には見えない。むしろ、温厚そうで優しそうに見える。馬車の中で聞いた『変態の旦那』じゃないかと一瞬疑ったルサカだったが、まだ若いし、何よりとても爽やかな雰囲気だったので、思わず気を許す。

「ぼくはルサカ……。あなたが助けてくれたんですか？」

「うーん。助けたっていうのかなぁ……？」

タキアは眉根を寄せて考え込む。

「まあそんな感じかな？　……これからよろしくね」

右手を差し出され、わけが分からないまま、素直にルサカはその右手と握手をする。

「ルサカ、掃除とか洗濯とか、料理とかできる？」

何故今そんな事を聞かれるのか。

「えと……ライアネル様のお屋敷で働いてたから、一通りは出来ます……」

「よかった」

タキアはその整った綺麗な顔に、人懐こい微笑を浮かべる。

「ルサカ、君にやってもらいたい仕事は、掃除、洗濯、料理の家事全般と、財産管理、あと、交尾だからね。じゃあ、これからよろしくね」

＊＊＊

ルサカは呆然《ぼうぜん》としていた。

あまりにも理解の範囲を越える話をされて、どうしたらいいのか分からない。

「……ええと……家に帰りたいんですけど……」

おずおずと口を開く。

「もう僕の巣に連れてきちゃったし。君にいてもらわないと、色々困るから、それはできないな」

僕の巣。なんの事か分からない。

「ちょっと信じられないかもしれないけど、ここは竜の巣で、僕は竜なんだ。成人したてのファイアドラゴンだよ」

ファイアドラゴン。

火炎の息を吐く竜の話は、聞いた事くらいはある。だがそんなおとぎ話か伝説か、遠い大陸の遠い国の噂話でしか聞かないような生き物の名前を出されても、にわかに信じられるはずがない。

竜が住み着けば、その国は途方もなく繁栄するという話だ。それに、この地方にも大昔、ルトリッツ騎士団国が建国される遙か昔に、氷の竜が巣を持っていたという話があった。それはルサカも知っている。

　だからと言ってそんな突拍子もない事を言われてすぐ理解が及ぶはずもない。タキアもそう思ったのか、古びた鎧戸《よろいど》を開けて、窓の外を見せる。

「……ほら。こんなところに、人間が登れるはずないでしょ」

　窓の外は断崖絶壁だった。眩《くら》むような高さな上に、霞《かすみ》がかかって地面が見えない。かろうじて、霞の中に針葉樹っぽい木の天辺が見えるような状態だった。

「…………………」

　呆然としたまま、ルサカはタキアと窓の外を見比べる。

「うーん……じゃあ、ちょっと待ってて。外見ててね」

　それだけ言うと、タキアは走って部屋を出て行ってしまった。

　窓の外を見ていてね。

　何かあるのかと、ルサカは窓際に立って外を眺める。遠く頭上から、何やらタキアの声が聞こえる。みーてーてーねー！　とかそんな事を言っているようだ。その直後に、ズン、と沈むような激しい振動が伝わる。

　何事かと辺りを見渡すと、大きな影が頭上を横切る。聞いた事もない、低く響く風を切る翼の音。目の前を、紅く輝く鱗に覆われた巨大な竜が横切り、弧《こ》を描いた。竜は軽く小さな炎を吐いて、ちらりとルサカを見、それから一声小さく鳴いて、再び頭上、古城の上に飛び去った。

瞳が、すみれ色だった。猫のような濃いすみれ色の瞳孔に、虹彩《こうさい》。タキアの目と同じ、鮮《あざ》やかなすみれ色の瞳だった。


どうしても信じないというなら、乗せて飛ぶ、と言われたが、ルサカは固くお断りした。

タキアが言うには、この古城は高い山の天辺にあり、大昔は別の竜が住んでいたそうだ。タキアは成人したので独り立ちして自分の巣を持つために、この国へやってきたと言っている。

そして、財宝目当てで馬車を襲ってこの城に持ち帰ったら、中でルサカが伸びていた。信じるしかないみたいだ。

ルサカは厨房で、埃《ほこり》の積もった食器を洗い、磨《みが》きながら、思い巡らす。

『巣の管理をしてもらうのに、人間が必要なんだよ。君の主な仕事は三つね。家事全般、財産管理、交尾。……簡単でしょ？』

最後のは簡単じゃない。

そもそも男同士なのに？　もしかしたらからかわれているだけかもしれないし、今はあまり深く考えずにいよう。

ルサカは銀のカトラリーを一本ずつ、丁寧に磨く。この古城は色んな備品が残っていたものの、埃が積もって大変な事になっていた。それをひとつずつ、片付けていく。

タキアは時々、ルサカの様子を見に現れるが、大抵は財宝集めで忙しい。

『大きくて立派な巣にするために、財宝をたくさん集める』のが重要な仕事なんだそうだ。巣に貯め込むための財宝は、その辺の村や街を襲い、奪う。やっている事は完全に強奪である。

タキアは成人したてで、初めて巣を持った。

『いい竜の巣』というのは、財宝がたくさん詰まっていて、広くて立派で、掃除が行き届き、宮殿のように豪華なものらしい。

その立派な巣を持つために、頑張っているそうだ。それには、まず人間を巣に迎える事が重要で、人間には巣の中の管理をやってもらって、自分は財宝集めに専念する。これが竜の正しいライフスタイルなんだとタキアは語る。

というわけで、タキアは巣の中の仕事をしてくれる人間として、ルサカを手元に置く事にしたのだ。そこでさっきの仕事内容、『家事全般、財産管理、交尾』である。

うちに帰りたいが帰してもらえないなら、最後のひとつはさておき、食い扶持《ぶち》分くらいは働く。やる事も特にないのもあり、ルサカはせっせと古城の中を磨いていた。じっとしているのが苦手なせいか、ついつい働いてしまっている。

タキアは古城にいる時は、時折ルサカの様子を見に来たり、話しかけたりしてくる。コミュニケーションをとろう、としてくれているのは分かるけれど、ルサカはとにかく、帰りたかった。ライアネルが待つ家に。

きっと心配しているだろう。ライアネルの笑顔を思い出すだけで、胸が苦しくなる。ライアネルと過ごした家を思い出すと、泣きたくなるほど切なくなった。せめて誕生日のお祝いだけでもしたかった。よりによってそんな大切な日に連れ去られるとか、ひどい話だ。

ルサカが七歳の時に悪い疫病がはやり、両親を失った。その後騎士団の福祉政策でライアネルに引き取られ、こうして攫われるまでは、平凡なれど慎ましく幸せに暮らしていた。

『俺は一人っ子だったし、独身なもんだから、色々気が利かないかもしれない。けど、ルサカ。楽しく一緒に暮らせるよう努力をするから』

そう言って手を取ってくれたあの日の事を、ルサカは決して忘れない。

多忙にも関《かか》わらず、ライアネルは本当に、ルサカを可愛がってくれていた。時には兄のように、父のように。慈《いつく》しみ大事に育ててくれたライアネルを、ルサカは心の底から敬愛していた。

帰りたい。どれだけ心配をかけているだろう。

その時、断崖絶壁のエントランスから、そんな感傷を吹き飛ばすような元気な声と呼び鈴が鳴り響いた。

「こんにちはー、ダーダネルス百貨店外商部の珊瑚でーす」

玄関の重い扉を開けると、珊瑚色の髪をした、尖った耳のスーツ姿の少年が、巨大なトランクを持って立っていた。どう見ても人間じゃない。尖った尻尾も生えているし。

「あ、珊瑚さんいらっしゃい。待ってたよ」

タキアは珊瑚を喜んで招き入れると、ルサカが掃除した客間で、カタログを広げ何やらぼそぼそ相談をし始める。

「で、掃除が大変そうなんだよね。何かいいものない？」

「掃除ですか。……そうですね、最近のですと……」

黒塗りの巨大なトランクを開き、何やらごそごそと探っている。

「こちら我がダーダネルス百貨店の上半期人気商品ナンバーワンの、ほうきウサギでございます！」

ピンクのもふっとしたウサギを自信満々に取り出す。

「こちらのウサギ、エサは埃、ゴミ、クモの巣、虫と、非常にお掃除に向いたペットなのでございます。家の中に放り出しておけば、あら不思議！　いつでもおうちはピッカピカ！」

三匹ほど立て続けに引っ張り出し、床に並べていく。

「トイレの躾はできていますし、基本放っておくだけで問題ないです。ただ、唯一の難点は、拭き掃除が出来ない事ですね。この子たちはほうきなので、掃くの専門です」

「便利そう。それ貰おう。……この古城だと、何匹くらいで足りる？」

「そうですね……こちらのお城の規模ですと……」

ボソボソと打ち合わせする二人に、ルサカはそっとお茶を出す。

「ありがとうございます。ええと……お名前は？」

「あ、ルサカです」

「ルサカさんですね。……わたくしはダーダネルス百貨店外商部の珊瑚と申します。これからもこちらのお城に出入りさせていただきますので、よろしくお見知りおきを」

丁寧に名刺を渡される。

「それと、お近づきのしるしにこちらも。……我がダーダネルス百貨店のロングセラー商品、『竜と暮らす幸せ読本』でございます。ルサカさんのお役に立ちますかと」

ちゃんと人間の言葉で書かれているようだ。ルサカは名刺と一緒に素直に受け取る。

「ルサカ、欲しいものがあったら、言ってね。好きなものを買ってあげるから。珊瑚さんのところなら、人間のものも大抵揃《そろ》うよ」

今のところ、ルサカは欲しいものが浮かばなかった。

「特にはないかな」

「……そう」

あっさりと返すと、タキアは目に見えてしょんぼりする。あまりにしょんぼりとした顔をされて、なんだかルサカは申し訳ないような気がしてきて、焦り始めた。けれど急に言われても、欲しいものなんか浮かばない。

タキアのこの寂しげな表情は、何故かルサカの罪悪感を呼び起こす。拉致監禁されている被害者はルサカなのに、何故なのか。本当に解《げ》せないが、どうした事かそんな気持ちにさせる。

おろおろするルサカの困惑を察した珊瑚が、自然に割って入る。

「きっとルサカさんも急には思いつかないのでしょう。……ご安心ください、竜の巣専門の外商としての営業歴二百年のこのわたくしにお任せください。当座入用になりそうなもの、流行の衣類などお選びしておきましょう」

いそいそとトランクを開けて、選び始める。

「……ルサカ、そんなに悲しそうな顔しないで」

タキアの両手が頬に触れ、顔を上げさせられる。あの不思議なすみれ色の目でじっと見つめられ、なんだかルサカは落ち着かなくなってくる。

「せっかく一緒に暮らすんだから、ルサカにも楽しく暮らして欲しい」

そうは言われても、好きでこの巣にいるわけではない。帰してもらえない上にあまりの断崖で逃げようがないだけだ。空気を察したのか、デキるダーダネルス百貨店外商部、竜の巣専門の珊瑚は、ささっと納品書を書き上げる。

「……では、わたくしはお暇《いとま》致しますね。お支払いは今回の商品が全て納品完了した時に頂きましょう。ではまたお邪魔致しますね。ごきげんよう！」

それだけ言い残すと、珊瑚はふっ、と煙のように姿を消した。さすが人外。入ってくる時は玄関でも、帰る時は消えるんだ。思わずルサカは感心する。

それにしても、困った。この微妙な空気の中、二人きりは気まずい。

「ぼくも……銀器磨きの途中だったから」

口実をつけて逃げようとしても、タキアにがっちり抱きしめられて逃げられない。

「急ぐわけじゃないし、もう少し、こうしていようよ」

見た目の華奢《きゃしゃ》さからは考えられないくらい、力がある。本当にがっちりと抱きしめられ、逃げられそうになかった。

「ええと……」

こんな風に誰かに抱きしめられるとか、子供の時に夜中に怖い夢を見て、泣いてライアネルに抱っこしてもらった時くらいだ。そんな事をルサカは考える。

「……ルサカ……」

ちゅっ、と音を立てて口付けられて、ルサカは驚きのあまり、固まった。固まっている間に、何度も角度を変えながら、啄《ついば》まれる。

「本当に可愛い……。大事にするから、僕の事も好きになってよ」

やっとルサカは我に返る。

「ま、待って、待って……」

かあっと頬を染めて、慌てて自分の口を両手で塞ぐ。

「どうして？　もっとキスしたい」

子供のように無邪気にねだる。

「だって……男同士だよ？　なんかおかしいんじゃ」

タキアは、不思議そうに首を傾げる。

「そうだけど……人間はそういう事気にするの？」

「え。竜は気にしないの……？」

思わず聞き返してしまう。

「うん。僕たちは綺麗なものが好きなんだ。財宝でも建物でも美術品でも、人でも、竜でも。だから性別はどうでもいい」

なんという事だ。ルサカはさあっと真っ青になる。

『家事、財産管理、交尾』の『交尾』はシャレでも冗談でもなく、本気なのか。

「多少好みで同性とか異性に偏《かたよ》るのもいるけど、基本、綺麗なものや可愛いものが好きだから、そんなに気にしてないよ、皆」

ルサカの口を覆っていた両手を外して、再び口付ける。

「でも、人の雌の方が人気があるかな。子供が産めるから。……竜は繁殖力が弱いから、人に産んでもらうとすごく助かるんだよね。生まれた子に竜の血が強く出れば、跡継ぎにもなれるし」

言いながら、ルサカの唇に甘く吸いつく。

「ルサカ、いい匂いがするね。……君に会えてよかった。こんな可愛くて綺麗で働き者な人なんて、なかなかいないよね。……大事にするよ」

もう思考が追いつかない。ルサカはただされるがままに、呆然と立ち竦《すく》んでいた。

＊＊＊

本当に、ペットと同じ扱いなんだと思う。

ルサカは寝椅子の上でタキアに抱かれながら、ひたすら唇を舐められたり吸われたり食《は》まれたりしている。

タキアは財宝集めという名の強奪を終えて帰ってくると、こうしてルサカを抱えて、撫でたりキスしたりと、スキンシップに勤《いそ》しむ。最初の頃は抵抗したが、どうせ逃げ場もない上に相手は人外。走る速度も尋常じゃなく速ければ、力も尋常じゃなく強い。

何度か逃走を図ったが、どうやっても逃げきれないと悟り、最近は大人しくされるがままになっている。

「……ルサカ、今日は僕がいない間、何してたの」

ちゅっ、と音を立ててルサカの耳朶《みみたぶ》を舐《ねぶ》りながら、タキアは尋《たず》ねる。

「えと……ほうきウサギを追いかけて、モップがけを……」

竜のスキンシップは濃厚だった。とにかく長い時間、ルサカはこうしてキスされたり舐められたり食まれたり噛まれたりしている。最初はくすぐったいだけだったが、最近はなんだかむずむずするようになってきて、あまりにも落ち着かないし、いたたまれない。

「いつも働いてばかりだね。……そうだ、二階に書庫があるよ。扉が錆付いてるからちょっと重いかもなあ。あとで直しておくから、たまにはそこで本を読んだらいいよ」

話す間もタキアはルサカのなめらかな頬や、唇や、耳朶を舐めたり吸ったり、と忙しい。

ルサカはこれが何かに似ているような気がしてならなかった。

これはもしかしたら、犬や猫の毛繕いのようなものじゃないのか？

そういえば、ご近所のお屋敷で飼われている大きな犬に、べろべろ舐めまわされた事がある。これはもしかしたら、竜の毛繕い的なものなのかな。犬や猫も、好きな相手を舐め倒したりするし、これはもしかしたらそういうことなのかもしれない。

「ルサカ、いい匂いがするね。……人間は皆こんな匂いがするのかな」

不意に首筋に軽く吸いつかれて、ルサカは思わず声をあげてしまった。

「あ、あっ……！　……ちょ、タキア、そんなに舐めたり吸ったりしないでよ……！」

背筋を何かが這い上がるような感覚に、慌ててタキアを押しのける。

「これは聞いてた仕事内容と違う！　……『家事、財産管理、交尾』って言ってたじゃないか。これはどれでもない！」

タキアは心底驚いた顔をしている。

「え。これは交尾の準備だよ」

真顔で言われた。これは冗談じゃない、本気の表情だ。

「……え？」

毛繕いじゃないの？　ともう少しで言葉にしてしまいそうだった。

「ルサカ、誰かと交尾した事ある？」

「あるわけない！」

思わず大声で断言してしまう。

「……だよねー」

タキアはそれを聞いてニコニコしている。

「もうすぐ発情期なんだ。年に二回、春と秋の繁殖期ってやつ。……それまでに、ルサカが僕に慣れておくようにと思って」

なんという気遣い。ルサカは頭が真っ白になっていた。そんな気遣いで行われているとは、微塵《みじん》も思っていなかった。本当に交尾する気なんだ、と思い知らされる。

「……ルサカ、怖がらないで」

真っ青になったルサカの額に、音を立てて口付けて、抱きしめる。

「大丈夫、痛くないし。……二人でたくさん楽しもう。楽しみだね」

もうすぐって、いつなんだろう。

ルサカは蒼白になりながら、珊瑚に貰った『竜と暮らす幸せ読本』のページをめくる。

逃げたいけれど、この断崖絶壁をどうやって下山すればいいのか。足場すらないこの絶壁から逃げる方法は、どう考えてもなさそうだ。

『竜との交尾』の項目を見つけ、真剣に読みふける。

『竜との交尾については全く心配いりません。

主に交尾が盛んなのは年二回、春と秋の発情期（繁殖期）ですが、それ以外にも頻繁に交尾を行う事があります。特に若い竜の場合、繁殖期外の交尾が非常に活発な傾向があります。

同性であっても異性であっても、竜は人間との交尾の仕方をよく知っています。

心置きなく、主の竜との交尾を楽しんでください。』

なんの解決にもヒントにもなっていない。

ルサカは絶望しつつも更に読み進む。

『あなたが雄で主が雌の場合、交尾後の卵を任される事になります。抱卵は人間の雄の大事な仕事です。主との交尾も大切ですが、生まれた卵の世話もまた重要なのです』

いやいや同性だし！　雄同士だし！

『あなたと主が同性だった場合、当然ですが卵は出来ません。この場合、主をいかに楽しませるかが最重要になります』

ルサカは更に絶望感を味わいながら、本を閉じ、書庫の床に座り込む。どうあっても交尾から逃げられる気がしない。

諦めてタキアと交尾するしかないのかもしれない。ルサカは溢れた涙を拭う。せめて初めてだけでも、好きな人としたかった。まさか初めてが同性でしかも人外とか、そんなひどい話があるだろうか。

せめて好きな人と。

いやせめて人間……。

そこでふと、最初に攫われた時の馬車の中で聞いた『幼い男の子が大好きな変態の旦那』の話を思い出す。あれに比べたら、ちょっとおかしいというか人の常識が通じないけれど、竜の方がマシかもしれない、とも思い直す。

女性と見まごうほどにタキアは整った美しい顔立ちだし、女性だと思い込めばあるいは。

顔や姿形はとても綺麗だし、性格も悪くない。人間じゃないせいか、なんだか言ってる事が色々おかしいところはあるけれど、温厚で大らかで、可愛いんじゃないかなというところがない事もない。

だからといって交尾していいわけじゃない。そういう営《いとな》みは愛情があるもの同士がやるものじゃないか。少なくとも、ルサカが知っている人間の常識ではそう。そもそも出会ったばかりだ。出会ったばかりで普通は性行為なんかしない。まして同性だ。

いやまだ成人もしていないのに交尾とか。何故そんな。まだ恋愛もした事がないのに。恋のときめきも甘酸っぱさも知らないうちに、竜に犯されるとかなんてひどい話だろうか。いやもしかして自分が犯す方なのか？

そっちだとちょっとというか大分無理かもしれない。多分、幾ら女性だと思い込もうとしてもだめなんじゃないか。向こうもそう思っててやっぱり犯そうとか思われそうだとか色々思い巡らす。考えれば考えるほど悲惨で、ルサカは考える事を諦めた。ルサカは抱えた膝に額を押し当て、深いため息をつく。

ルサカの行方は一向に分からなかった。

打てる手は全て打った。騎士団にも届けを出し、騎士団の調査だけでは飽き足らずに、私的に人を雇い、捜索を続けていた。それでも全く、ルサカの足取りは分からない。

ライアネルもひどく疲れ切っていた。それでも、諦められるはずがなかった。

朝、家政婦のマギーに買物に行くと言って家を出たあと、市場に行き、馴染みの店で食材を購入したところまでは、調査で判明した。その後、あるハーブを探して市場の店を巡り、結局購入できずに帰っていった。そこから先の足取りが不明だった。

「……最近、盗賊も多いですしね。子供が攫われる事件も頻発しています」

第六騎士団副団長室で、書記官のジルドアは書類の束をめくりながらうなる。

「それに最近はファイアドラゴンが国境近くの山に巣を作ったようで、頻繁に村や街も襲われてるじゃないですか。……人攫いも盗賊も竜も全部あやしくて、手のつけようがありません」

ライアネルはがっくりと肩を落とす。

「目立つ子だからなあ……。どれも考えられる」

「ルサカくん、中身は平凡だけど見た目は非凡ですからねえ。……ちょっとあんな可愛い子いないですよ。育ったらどんだけ危険なイケメンになるんだってレベルですからね」

ジルドアは更に腕を組んでうなる。

「そりゃあ、綺麗なものが大好きな竜だって、高く売れそうな子供を捜してる人攫いだって、見かけたら掻っ攫いたくなるんじゃないですかねえ」

ライアネルもうなりながら天井を見上げる。

そうだ。確かにルサカは尋常じゃない容姿をしていた。ルサカを見ていると、遙か昔に絶滅したエルフの末裔《まつえい》じゃないかと思えてくる。ココア色の髪は艶やかで、新緑色の瞳はまるでこの世のものとは思えない美しさだったし、肌はきめ細かく、健康的な白さ。確かに浮世離れしたものがあった。

だが中身は本当に地味そのもので、その人目を引く容姿から想像ができないが、家事や花壇・畑の手入れ、読書という、人とあまり関らず、かつ出掛けないですむ地味な事が趣味な、完全なインドア派だった。

これは将来女の子にめちゃめちゃモテるだろうなあ、とライアネルも思ってはいたのだ。考えてみれば綺麗な男の子が好きなのは何も女性だけではなかった。

「最近治安が悪化していたが、市場と家の往復くらいしかしないもんだから、俺も油断していた」

ライアネルも自分の油断を後悔している。

「他でも子供の誘拐の被害が出てますし、調査は国を挙げて行われてます。……こう手がかりがないんじゃや、残念だけれど、探しようが……」

その通りだ。ライアネルも深いため息をつく。

「休みの日には俺も捜索しているが……確かに手がかりがなさ過ぎる」

「売られたって話も聞かないですしね。あんな綺麗な男の子が売りに出されたら、噂くらい流れてくると思うんですよね……。……残る可能性としては、竜でしょうかね」

竜は美しいものを好む。とにかく財宝でも人でも物でもなんでも、竜が綺麗だと思ったものは奪い去る習性がある。

「竜だったら、取り返すのは無理だろうし、騎士団からも拒否されるでしょうねえ……。今は巣作りに腐心《ふしん》して暴れまわっていますが、取るもの取ったら国の守護神になりますからね」

竜の困るところはそこだ。確かに財宝欲しさに村や街を襲うが、ある程度巣作りが落ち着いて、かつ、定期的に竜に貢物《くもつ》を捧げておけば、国を護《まも》ってくれるのだ。

他国が攻め入れば、竜は自分の巣と領地を護るために戦う。国土に巣を持ち、かつきちんと貢物を献上しておけば、竜はこれ以上ない強い味方なのだ。おまけに天候も操《あやつ》る。竜の種類にもよるが、雨を降らせたり、長雨を止めたり。

更に人間との関わりが深まり、相互理解が深まれば、災害救助までするのだ。その竜に人が攫われても、国はあまり刺激したくないのが本音だ。

「大昔にこの地方に竜が棲みついた時、ものすごく国が栄えたそうですからね。……だから、騎士団の上の方の人たちも、竜の暴れっぷりにはお咎《とが》めなしです。確かに金目のものを持ってかれてますけど、人に怪我させたりしないようにしてますしね、あの竜」

竜も無益な殺生《せっしょう》は好まない。財宝さえ奪えればそれでよしなものだから、鳴いて吼《ほ》えて炎の息を吐いて、人を追い払ってから、お目当てのものを持ち去る。それゆえに『国を護ってくれるし、しょうがないかな』みたいな空気が生まれている。

「人ひとりよりも国の繁栄、という事か……」

ライアネルは思わず呟く。ライアネルの落ち込みぶりに、ジルドアは慌てる。

「で、でも竜に攫われたなら、竜に大事にされるっていうし、それほど悪くないかもしれませんよ！　いやまだ分かりませんけどね！　ひょっこり無事に帰ってくるかもしれないし！」

必死なジルドアの言葉を聞き流しながら、ライアネルは窓の外を見る。

一生竜の巣に閉じ込められて、人間の世界に戻れないとか、死んだも同然じゃないか。狭い空間で、ただ竜のためだけに生きる。大勢の人々のために、生贄《いけにえ》になったようなものだ。まだ、竜に攫われたと決まったわけじゃない。唯一の家族の自分まで諦めたら、ルサカは家に帰れなくなってしまう。諦めずに探し続けよう。

窓の外の空は、抜けるように青かった。

きっとどこかで生きている。助けを求めているに違いない。必ず助け出してやる。ライアネルはそっと心に誓う。

ルサカが書庫で膝を抱えてぼうっとしていると、ドン、と鈍い振動と揺れが起きた。タキアが財宝集めから帰ってきたようだ。最近は、ルサカを驚かさないように静かに帰巣するようにしていたようだったが、今日は久々に揺れた。かなり早い帰巣だが、今日はいいものが拾えたというか強奪できたのだろう。

タキアは帰宅後、余程疲れていない限り、すぐに人の姿になって降りてくる。財宝集めのあとは、ルサカとお茶を飲むと決まっているので、ルサカが急いでお茶の支度をしようと書庫を出た時、タキアが慌てた様子で廊下を走ってきた。

「……ルサカ！　ただいまっ！」

飛びついて、ルサカを軽々と抱き上げる。

「おかえり、タキア……って、何!?　どうしたの急に！」

「早くベッドへ行こう」

軽く鼻先にキスされる。

「え？　ええ!?」

タキアは悪戯《いたずら》っぽく微笑みながら、ルサカの目を見つめる。タキアの身体も、吐息も、ほんのりと熱を帯びていた。

「発情期だよ。……交尾しよう、僕と」

＊＊＊

「……早く交尾したいけど、ルサカは初めてだもんね。……大丈夫、ちゃんと交われるようにするから」

もうタキアの息は荒く乱れている。ルサカは天蓋《てんがい》付きの大きな寝台の隅に追い詰められ、震えるばかりだった。

「すごくいい匂い。早くルサカの中に入りたい」

タキアはそう囁きながら、ルサカの首筋に唇を寄せ、キスを繰り返す。

「……ふ、う……」

ルサカは怯えたまま、小さな嗚咽《おえつ》を洩らす。どうやっても、この竜の巣からは逃れられないし、タキアと交尾をするしかないのは分かりきっている。諦めていても、どうしても嗚咽を止められなかった。

「泣かないで、大丈夫だよ。……すぐ一緒に楽しめるようになるから。……まずはしるしをつけようね」

ルサカの膝を割って、身体を挟み、足を閉じられないようにしてから、ゆっくりとルサカの下着を脱がせる。

「……しるしさえつけば痛みもないし、そんなに震えないで」

言いながら、ベルトを外し、前をくつろげ、その昂《たか》ぶり、熱くなったそれを取り出す。ルサカはそのタキアの昂ぶったそれに、声にならない悲鳴をあげた。人間とは確実に違う生殖器だった。その大きさも形も、完全に異形《いぎょう》のものだった。

やっぱり、タキアは人間じゃないんだ。ルサカは竦んで固まったまま、ぎゅっと目を閉じる。そんな大きなものを挿入されると思うと、恐怖で声すら出なかった。その大きな生殖器は、既《すで》に先走りの体液を溢れさせ、タキアの興奮をルサカに見せつけるように、脈打っていた。

「ルサカ、怯えないでいいよ。……しるしさえつけば、交尾が大好きになるよ」

その異形の生殖器が、ルサカの両足の奥の、固く閉じた蕾《つぼみ》に押し当てられた。

「やだ、やだああっ……！」

そこで初めて、ルサカは悲鳴をあげ、抵抗しようとした。タキアは軽くルサカの抵抗を押さえ込み、両手首をまとめて片手で掴み、シーツに押さえつける。もう既にその異形の生殖器の先端はルサカの蕾に押し当てられ、濡れた音を立てながら、擦りつけられた。

嗚咽をあげ震えながら、ルサカはその濡れた感触に耐える。熱く硬いそれが擦りつけられるたびに、くちゅっ、くぷっ、という淫らな濡れた音が響く。

「……は、あっ……すご、ルサカのここ、もう飲み込み始めたよ……」

タキアはゆっくりと腰を擦り寄せる。信じられなかった。あんな巨大なものが、痛みもなく、ルサカの中に侵入し始めたのだ。

「うあ、あ…っ！　…あ、は…っ…！」

圧迫感に思わず声が漏れるが、痛みはなかった。全くない。それどころか、ルサカは感じ始めていた。この硬く熱く膨《ふく》れ上がった異形の生殖器が、下腹を蕩《とろ》けさせそうなくらいに、甘く感じられているのだ。それは、粘った水音を立てながら、ルサカの狭い中をゆっくりと犯していく。

「は、あっ…あ、ルサカ、すごくいいよ、気持ちいい……」

タキアは恍惚《こうこつ》と息を吐いた。

さすがに大き過ぎて途中までしか挿入はできなかったようだが、タキアはゆっくりと腰を動かし始める。

「あ…、あっ…！　タキア、やだ、やだっ…うごか、ないでっ……あぁっ！」

タキアが動くたびに、ルサカの背筋を何かがぞくぞくと這い上がっていく。

「だめ、もう我慢できないよ……」

ルサカの足を掴んで大きく広げさせ、激しく腰を打ちつけ始める。

「あ、あっ…！　あ、んぅっ！　あっ…！」

たまらずに、ルサカは甘い悲鳴をあげる。

信じられなかった。

到底、入らないだろう。あんなものを入れられたら身体を引き裂かれて死んでしまう、というくらい太く硬く、大きかったあの異形の生殖器が、こんな簡単に、痛みすらなく、身体の中に入ってきている。

その異形の生殖器は、狂おしいくらいに快楽を呼び覚ます。ルサカは夢中になって腰を擦り寄せた。

「タキア、タキア…っ…!」

何も考えられなかった。名を呼びながら、タキアの背中に両手を回し、しがみつく。耳元に、熱を帯び乱れたタキアの吐息が触れ、囁く。

「ルサカ、可愛いね…っ…もっとしてあげる……」


「……ルサカ、しるしがついたよ。これで、幾らでも交わえる」

両手を投げ出して、ルサカは仰向けに寝そべったまま、細く甘い声で鳴く。ルサカの小さな身体は、タキアの異形の生殖器を根元まで咥《くわ》え込んでいた。

「ふあ、あ、あっ…あ、…んっ…」

甘く蕩けた声をあげ、恍惚としたまま、淫らに腰を揺らし続ける。その下腹には、紅い五枚の花弁を持った小さな花のようなアザが浮かんでいた。

「このしるしは、竜と交わったしるし。……これでもう、痛みも感じないし、快楽しか感じられないようになったよ」

そのルサカの下腹の紅い花を指先で撫でる。

「あーっ……、あ、うぅんっ……」

ルサカは完全に、竜との交尾の虜《とりこ》になっていた。動かないタキアに焦《じ》れて、自分から進んで腰を振り、その熱さを、昂ぶりを、楽しむ。何度も達したはずなのに、ルサカの性器は硬くたち上がり、濡れそぼち、脈打ったままだった。

「タキア、タキア……気持ち、いい、とけ、ちゃう……」

あれほど怯えていたのが嘘のように、荒く甘い吐息をつきながら、ルサカは夢中になって腰を振っていた。

「……ルサカ、そんなに気持ちいいの？　……本当に、可愛いね」

ルサカの膝を掴んで、限界まで広げさせる。根元まで貪欲に咥え込み、ひくひくと収縮を繰り返すルサカの蕾を、タキアは嬉しそうに眺める。

「……は、っあ…すご、こんなにしたのに、まだ締めつけてるよ、ルサカ」

腰を軽く打ちつけただけで、繋がったそこから白い体液が溢れ、零れ落ちる。タキアが腰を打ちつけるたびに、ルサカの小さな身体は跳ね上がった。

「あーっ…あ、あっ…！　ふああ、あっ、あっ……！」

蕩けた表情のまま、ルサカはあられもない声を高く甘く、あげる。ルサカはもう何も考えられなかった。この、身体の中で膨れ上がり突き上げ、擦り上げる異形のものの事しか考えられなかった。

「あっあっ…！　あーっ、んう、ああっ！」

紅い花の咲いた下腹を突き上げられながら、ルサカはただ甘く高い声をあげ続けるだけだった。


ルサカが目覚めた時、タキアの姿はなかった。身体の節々が痛んだが、ルサカは恐る恐る、寝台から起き上がる。両足の間から、信じられない量の精液が溢れ出て、シーツを汚していた。

信じられない。

何もかも信じられなかった。夕べの事はしっかりと記憶に刻まれている。あんなに恐ろしくて怯えていたはずなのに、最後は喜んで自分から腰を振っていた。自分の正気とは思えない行動に、ただただ、ルサカは混乱していた。

白濁した体液にまみれた下腹に、紅い花のようなアザが出来ている事に気付く。

これをタキアは『竜と交わったしるし』だと言っていた。これがつけば『快楽しか感じられなくなる』とも言っていた。ぞくり、と背中を何かが這い上がる。

タキアのあの、大きく硬く張り詰めた生殖器を思い出しただけで、身体の中に火がついたように、熱くなる。

あれを、早く、入れて欲しい。一瞬で頭が真っ白になる。早くタキアに抱かれたい、それしか考えられなくなっていた。

おかしい。

おかしい、おかしい、おかしい。

そんな事、昨日までちっとも考えていなかった。ただ交尾が怖くて、泣いていたのに。

おかしい。

身体が狂ったようにタキアを求めている。昨夜、あれほど何度も達したのに、ルサカの性器は既に硬くたち上がり、涙のような蜜を滴《したた》らせていた。耐えきれずに、夢中でそれを掴み、擦り始める。

「あっ、あっ……！　あぅ、んぅっ……」

体中に電流が流れるような感覚だった。自慰の経験はある。年頃なので、それは必要な事だった。今まで自慰だけでこんなに感じた事はなかった。ただ擦り上げているだけで、淫らな声が零れ落ちた。止めようがなかった。

「ふあ、あっ……あ、あっ……」

夢中になっていたその時、背後から聞き覚えのない声が聞こえた。

「おー。しるしがついてる。これがタキアの初めての番人か。……これはまた、可愛いの選んだなあ」

淫らに弄《いじ》っていた手を掴まれ、ルサカは驚いて顔を上げる。そこには、赤毛にすみれ色の瞳の……タキアによく似た男が立っていた。

「タキアはひどいな。……しるしがついたばかりの番人をひとりにするなんてさ」

ルサカは見知らぬ誰かに痴態《ちたい》を見られた上に押さえつけられ、恐怖のあまり声が出なかった。それでもルサカの興奮は冷めない。甘く熱い乱れた息を吐きながら、ただ震えていた。

「ああ、俺はタキアのお兄ちゃんだよ。リーンていうんだ」

確かにタキアによく似た端整な面差しだった。タキアをうんと大人にして大柄にしたような。そんな風貌だった。汚れたシーツを気にもしないのか、寝台に這い上がり、ルサカを背後から抱きかかえる。

「しるしがついた直後の一週間は、竜の交尾の虜になる。……もう、竜との交尾の事しか考えられないんだろ？」

ルサカは怯えて固まったまま、答えない。答えたくとも怯えるあまりに、声も出ない。

「あーあ。かわいそうにな。……タキアが帰ってくるまで、遊んであげようか」

片手でルサカの口元を押さえ、開いた片手をタキアの残した体液を溢れさせる両足の奥に忍び込ませる。いきなり二本の指を押し込まれ、ルサカは思わず声をあげた。

「あ、あっ……！」

「可愛い声だね。……中はどんな感じかな」

無遠慮なその二本の指は、淫らな音を立てながらルサカの蕩けた内壁を探る。そのたびにくちゅっ、と粘った音が響いた。

「あっ、ああ……！　だ、め、やめ……っ……！」

身体は融けたように力が入らなかった。ただされるがままに、喘ぐしかなかった。

「いい反応。……中も熱くて狭くて蕩けてて最高だな。……タキアは意外と見る目あるなあ」

全身を震わせて快楽を伝えるルサカの髪に、軽く口付ける。

「俺も君みたいな子欲しいな。……やらしくて、素直で、こんな身体持ってるとか最高の番人じゃないか」

中を淫らに弄られながら、口元を押さえていた手が滑り落ち、ルサカの硬く熱く腫《は》れ上がった性器に絡む。

「あっあ！　……くぅっ……！」

その途端《とたん》に、ルサカは達した。荒く乱れた甘い息を洩らす唇に、リーンが口付けようとした時だった。

「だめだよ、兄さん。この子は僕の番人なんだ」

ルサカの唇がタキアの片手で塞がれ、引き剥《は》がされる。

「……お前がしるしついたばかりの、いたいけなやらしい子を巣に置き去りにしたんじゃないか」

ちっ、と小さく舌打ちして、リーンは諦めてルサカを離す。

「エサがなかったんだ。僕はまだしも、ルサカはしるしついたばかりだから、たくさん食べさせないと死んじゃうだろ」

乱れた息のままのルサカの身体を濡れたタオルで拭いながら、リーンに口答えする。

「まだ成人もしてないような人間を番人にしたら大変そうだけど、悪くないな。……素直でやらしくて身体もいいとか最高。……俺も次に番人を作る時はこんな子にするかな」

リーンは素直に寝台から降りて、長椅子に移動する。

「……兄さん、僕これから交尾するんだけど」

「いいじゃん。見せてよ」

リーンは悠然と長椅子に座り、足を組む。

「兄に交尾見せるとか、おかしくない？」

「俺はエルーの交尾見た事あるけどな。まあそれは偶発的な事故だけど」

「本当に!?　……姉さん何やってるんだ」

「俺もこんな可愛い番人欲しい。今までこんな感じの男の子ってのはなかったなあ。どんな感じで交尾するのか見せてよ。よさそうなら、俺もどこかで攫って帰る」

お気に入りのルサカを褒められて、タキアも悪い気がしないのか。ルサカを背中から膝に抱き上げ、髪に口付けると両足を広げさせる。もうタキアとの交尾の事しか考えられないルサカは、素直に広げられるままに、両足を開く。

リーンに見られながら、タキアの硬く熱く昂ぶった生殖器が取り出され、ルサカの赤く綻《ほころ》んだ蕾にゆっくりと挿入された。くぷっ、という音とともに先端が押し込まれる。そのまま、根元までゆっくりと奥深くまで、異形の生殖器が貫いた。

「く、あっ……!　あ、あーっ……!」

根元まで押し込まれた瞬間に、咽喉を仰け反らせて、ルサカは達した。

「すごいな……しるしついたばかりでこれか」

リーンは感心したように、その繋がった場所を眺める。

「……っ……締めつけもすごいよ。……可愛いし、料理も上手だし、……最高の番人だよ」

タキアがゆっくりと突き上げ始めると、甘えたようにルサカは細く、乱れた声を洩らす。

「すごいな、こんな小柄で華奢なのに根元まで入るのか。……しるしがつけば、こんな可愛らしいのでも交尾できるんだなあ……。今度こんな子探してこよう」

リーンは冷静に、タキアに突き上げられ甘く鳴くルサカを品定めしている。

見られている。

ルサカは甘く蕩けた声をあげながら、羞恥に身体を震わせる。見られているのに、もう止められない。ただただ、タキアが欲しかった。

＊＊＊

「あれはね、一番上の兄さん。近くに来たから、僕の巣を見に寄っていったんだよ。……今年で千歳くらいかな？　すごく大きい立派な巣と、大きいハーレムを持ってる。僕もあんな立派な巣を持つのが夢なんだよね。財宝がいっぱい詰まった立派なやつ」

ルサカは柔らかな白パンに齧《かじ》りつきながら、大人しく話を聞いている。大人しく、というより、食べるのが忙しくて口を挟むヒマがなかった。この白パンの出所が気にならなくもない。だが今は、タキアがどこかで強奪してきたものだろうが、ダーダネルス百貨店から買ったものだろうが、気にする余裕が全くルサカになかった。とにかく食べる事しか考えられない。

「お腹すくよね。たくさん食べないと。たくさん食べたら、また交尾しようね」

タキアは無邪気にニコニコしながら、ルサカが一心不乱に食べ続けるのを眺めている。

確かに空腹だった。食べても食べても足りない。考えられない量を食べているが、タキアはそれを笑顔で眺めているだけだ。リーンとはとんでもない初対面になったけれど、今はそれどころではない。ルサカはとにかく食べ続けないと、空腹で死にそうな気がしていた。

「……そういえば、しるしって、何？」

ふと、思い出してルサカは尋ねる。交尾の最中も、リーンが来た時も、やたらとしるしの話をしていた。

「ん？　……ああ、しるしはね。誰とも交尾をした事がない人間が、竜と交尾すると、下腹に花みたいなアザが出来るんだ。しるしがついたら、竜との交尾が大好きになるから、さっきみたいに知らない竜……僕の兄さんとかにも反応しちゃうのが難点かなあ」

タキアは丁寧にハムとチーズを切り取って、ルサカの皿に載せる。

「しるしがつくと、もう人間とは交尾できないよ」

笑顔での爆弾発言だった。

「……え？」

思わずルサカは聞き返す。

「しるしがつくと、身体が変化する。雄でも雌でも、竜との交尾に適応した丈夫な身体になるよ。じゃないと、人間なんか弱いから、数回の交尾で死んじゃうしね」

さらりと恐ろしい事を言っている。

「そ、それと人間と交尾できないのと、なんの関係が……」

タキアは少し考え込む。

「んー。僕も分からない。でもどうせ竜の番人になったら、一生巣で過ごすだろうし。どの道、人間と交尾する機会なんかそんなにないんじゃないかな？　…ああ、でも番人をたくさん飼ってる巣だとアリなのかな…。でもそうなると、番人同士だから人じゃないしなあ…」

タキアは小さくうなりながら考え込む。

「……あと、番人て？」

「竜の巣に飼われてる人間の事だよ。家事や財産管理とか交尾とか、色々やってくれる人間を、番人てまとめて呼んでる」

竜の生態なんか知らなかった。そんなにたくさんいる生き物ではないし、見た事もなかった。遠くの国の噂で聞くくらいで、まさか自分が竜の巣に連れてこられるなんて、思いもしなかった。

それに同じ男なのに。ルサカはパンに齧りついたまま、固まっている。

「……もうお腹いっぱいになった？　……じゃあ、交尾しようか」

とにかくここ数日、タキアは交尾の事しか言わない。交尾と食事と睡眠、これしかしていないといっても過言ではない。紅い花のしるしがついて数日は、ルサカはろくに食事もせずに交尾に夢中になっていたが、今は少しくらいの平常心なら持てる余裕が、出てきた。

「ま、まだ……」

慌ててがつがつとパンを齧り出す。

「年に二回発情期があるけど、その時は一週間くらい交尾しまくるかな。……他の時期でもできるけど、やっぱり発情期が一番盛り上がるし、繁殖できるのはこの時期だけだしね」

竜のモラルはどうなっているのか。赤裸々《せきらら》に楽しそうに、タキアは語る。

「兄さんのところは、たくさん番人がいるんだけど、僕は今のところルサカだけでいいかな。……可愛いし、気持ちいいし、ルサカが大好きだし」

さらりと大胆な事を口にする。タキアは見た目こそ、ルサカより年上だが、中身は子供と大差ない。おまけにゆるゆるの竜のモラルで生きている。

「人間と交尾したの初めてだけど、すごく楽しいし、気持ちいい。竜同士とはまた違っていいよね。兄さんが大きいハーレム持ってる理由がよくわかるなー」

まだ竜としては若いタキアは、人間で言うところの思春期。もう頭の中は常に交尾の事でいっぱいだし、発情期ともなればそれは貪欲にもなるだろう。またパンを齧っているルサカを抱き寄せて、その頬に口付ける。

「早くしよう。……ほら、ルサカ……」

パンを取り上げて、薄く開いたルサカの唇に口付け、舌を差し入れる。

「あ、あっ……」

少し間の抜けた声をあげて、ルサカは大人しく、唇を吸われる。その間に、タキアはシャツ一枚で裸足のルサカの腿に手を這わせる。

促されて膝を開くと、タキアの手は迷わず、ルサカの内腿を這い上がり、足の付け根を撫でた。

「……下着、はいてないんだ。準備いいね」

くすっと笑って、ルサカを立ち上がらせる。

「ルサカ、シャツをめくって、見せてよ」

さすがに羞恥を覚え、ルサカはシャツの裾を握って、戸惑う。

「ほら、足を開いて、めくって見せてよ。……そしたら、すぐ入れてあげる」

すぐに、と言われて、ルサカは両足の奥が甘く痺れるのを感じた。タキアのあの熱くて硬いものを想像しただけで、下腹が甘く痺れ、身体が溶け出しそうだった。それを想像しただけで、我慢ができなくなる。

少し躊躇《ためら》って、それから素直に椅子に座り直す。ぎゅっと目をつぶって、言われた通りに、足を広げ、シャツをたくし上げ、下腹の紅い花を晒《さら》す。

「……ルサカ、僕のを想像してた？　……すごいよ、カチカチになって濡れてる」

シャツを濡らして立ち上がっていたそれに、タキアが唇を寄せ、ぺろり、と舌先で舐め上げる。ルサカは耐えきれずに白い咽喉を反らし、子猫のような啼《な》き声を洩らした。


分かった事がある。

ルサカはせっせと客間を掃除しながら考える。発情期のタキアは、とにかく挿入する事しか考えていない。本能なのだろう、とにかく何はなくとも挿入したい、と考えているようで、ルサカが掃除していようが料理していようが食べていようが、すぐに交尾したがる。

竜がこんなに淫蕩《いんとう》で性欲が強い生き物だなんて、知らなかった。

しかもどうやら、本当に男女見境いなしらしい。一応は、固体によっての好みの差はあるらしい。が、基本、竜は美しいものが大好きだ。財宝も人間も、美しいものならなんだっていい。ひどい話だ。

「ルサカ、ただいま」

いきなり背中から抱きしめられて、ルサカは驚きのあまり、手にしていたはたきを取り落とした。

「ひっ……！　……びっくりした、心臓が止まるかと思った……！」

いつの間にかタキアは財宝集めから戻っていたようで、ルサカはほう、と深く息をつく。

「ごめん。もうルサカに会いたくて会いたくて仕方なかったんだ……」

言いながらタキアの手はルサカの身体を撫で回し、探っている。

本当になんて淫蕩な生き物だろう。もうやる気まんまんだ。ルサカの下腹には、硬く熱く熟《う》れたタキアが押しつけられている。もう一週間が経過しているが、まだ発情期が続いていた。タキアは成人したての若い雄なので、長めなのかもしれない。

一週間交尾し続けた結果、少し、タキアの誘い文句がまともになった。『会いたかった』

とか言うようになった。発情期が始まったばかりの時はもう包み隠さず直球だった。『早く入れたい』『ルサカの中に入りたい』『我慢できない』『交尾しよう』駄々っ子そのものだったのに、今はちょっとした駆け引きも覚えた。

もうひとつ、分かった事がある。竜の発情のフェロモンなのか、それとも紅い花のしるしのせいなのか。ルサカは発情期の竜に逆らえない。竜の興奮につられるように、抱きしめられただけで、激しく興奮していく。タキアに求められると、瞬時に早く貫かれたい、それしか考えられなくなるのだ。

「……ルサカ、早く脱いで」

完全にタキアの言いなりになる。促されるままに、ズボンを脱ぎ、下着も脱ぐ。シャツをたくし上げ、蜜を滲《にじ》ませながら既に熱く脈打っている自分のそれと、下腹の紅い花を見せる。

「……タキアのも……見せてよ……」

もじもじと口ごもりながら、促す。タキアは小さく笑う。

「……いいよ」

タキアは椅子に座り、ズボンをくつろげる。既に興奮し、硬く張り詰め立ち上がった異形のそれを見せつける。

「ルサカ、自分で入れるところを、見せてよ」

ルサカは素直に頷いて、歩み寄る。片足を肘掛にかけて、タキアを求めて紅く充血し、ひくひくと収縮を繰り返す蕾を、その異形の生殖器に押し当てる。途端に、タキアに腰を掴まれ、止められてしまう。

「……ルサカ、可愛い。蕩けそうな顔してるね」

「あ、あっ…な、なんで」

腰を押さえつけられ、動けない。それでも焦れて、タキアの硬く膨れ上がったそれに、擦りつけるように腰を揺らしてしまう。

「……ほら、やらしい音がしてる」

タキアの吐息は熱く、それが更にルサカの興奮を煽《あお》り立てる。焦れたルサカが腰を擦りつけるたびに、くちっ、と粘った音が響く。

「ルサカの、僕が欲しいって鳴いてるね……」

竜の精液は催淫《さいいん》効果でもあるのか、少し触れただけで、欲望が激しく膨れ上がる。

「タキア、意地悪しないで…っ…もう、……」

「もう？　何？」

発情期の最初の頃は、一秒も我慢できずにすぐにルサカを犯し、激しく突き上げていたのに、今ではこうだ。興奮と快感を更に高める方法を覚えてしまった。

「……早く、タキアが欲しい…っ…」

タキアが腰を掴んでいた手をゆっくりと離すと、ルサカは夢中で腰を沈めた。

「あっ…あああっ……！」

歓《よろこ》びの声をあげながら、一息に根元まで飲み込む。

「ふああ、あっ……あ、あ、タキア…っ…」

うっとりと蕩けた声をあげ、夢中で出し入れを始める。硬く熱く膨れ上がった、竜の生殖器を、恍惚とした微笑を浮かべ、出し入れする。そのたびに、熱く蕩けたルサカの中から、淫靡《いんび》な粘った音が零れ落ちる。

「……く、はっ……ルサカの中、すご……熱くて蕩けそう…っ…」

たまらなくなったのか、タキアは繋がったままルサカを目の前のテーブルに押しつけ、激しく突き上げ始める。

「あっ…あっあっ…！　んう、くぅっ…！」

淫蕩なのは竜だけじゃない、竜の番人もだ。ルサカは奥を抉《えぐ》られるたびに、甘く高く鳴く。その甘い声で、更に竜の興奮を誘う。タキアはそのルサカに覆いかぶさり、荒く呼吸を繰り返す唇を舐める。

「ルサカ、可愛いね。……大好きだよ」

「タキア……っ…タキア、んぅ、は、あっ…！」

タキアの腰に足を絡め、淫らに腰を揺すりながら、ルサカは目を閉じる。

もう、きっと帰れない。こんな快楽を知ってしまったら、もう、帰れない。

＊＊＊

竜の巣の朝はのんびりとしたものだ。タキアは余程疲れていない限り、人の姿になってベッドで寝ている。あまりに疲れていると人の姿になれないようで、その場合は、巣の古城の天辺の、『本物の竜の巣』で寝ている。

人の姿の時はルサカが起こしに行くけれど、竜の姿のままの時は本当に疲れている時なので、起きるまで放っておく。

タキアの発情期が終わって一ヶ月ほど経ったが、交尾前と何も変わらない生活をしている。『竜と暮らす幸せ読本』には、『若い竜ほど繁殖期外の交尾が多い』と書かれていたので、ルサカもある程度覚悟をしていたというか期待をしていたというか。しかしあの濃厚なスキンシップもなく、たまに軽くキスをするくらいで、ごくごく普通の共同生活のような雰囲気になっている。

あんな快楽を知ってしまったら、もうタキアなしではいられないんじゃないかとルサカは思っていたが、発情期が終わってみれば、なんてことはない。ルサカも前の状態に戻っていた。ちょっと残念なような気がしないでもなく、ルサカは複雑な心境だ。

タキアは起こさない限り、起きてこない。ごく稀《まれ》に起きてくるが、だいたいいつまでも怠惰に寝ている。ルサカは攫われる前、ライアネルの屋敷で暮らしていた頃から、早朝に起きてその日の分のパンを作る生活をしていた。ここでもその生活サイクルを守り、早起きしてパンを作っている。

この竜の巣は、不思議な便利なもので満ちていた。

お湯も水も湧き出す不思議な瓶や、そこにしまえば決して腐らない戸棚や、薪《まき》もないのに燃え続けるキッチンストーブなど、考えられないくらいに便利なものがあった。家事が格段に楽に進む。これも恐らく、ダーダネルス百貨店の珊瑚がタキアに売りつけていったのであろうが、ルサカはとても助かっていた。

ルサカはボウルに強力粉とライ麦粉を計り入れる。作っておいた林檎《りんご》を発酵させた酵母と砂糖、バター、水を入れ、生地を捏《こ》ね始める。この林檎の酵母で作ったパンは、ライアネルの好物だった。ふと、ルサカはそれを思い出す。他にも葡萄《ぶどう》や苺などで酵母を作ったけれど、林檎が一番おいしいと、ライアネルが言っていた。

ルサカもこの匂いが好きだった。このほんのりと香る林檎の香りは、ライアネルの屋敷の厨房を思い出させる。

攫われる前に作っておいた林檎の酵母を、家政婦のマギーは使ってくれたかな。

思い返せば、家もライアネルも無性に恋しくなる。考えても悲しくなるだけだ。振り切るように、ルサカはパン生地を力任せに捏ねる。

タキアと交尾する前までは、慣れた作業ではあったが、重労働だった。とにかくパン生地を捏ねるのは体力がいる。よく捏ね倒さないと、硬くてぱさついたおいしくないパンになってしまう。なかなかにしんどい作業だった。

それが、タキアと交尾をして、下腹に紅い花のアザが出来てから、やけに軽々と捏ねられるようになった。タキアが『竜との交尾に耐えられるように、身体が変化する』と言っていた。それはもしかしたら、耐久性と身体能力が上がるという変化なのかもしれない。

家事もその変化のおかげか、とても捗《はかど》っている。モップがけや家具を移動しての掃除、それが楽になった。確実に力もついている。疲労もしにくく、この広い古城の掃除も、ほうきウサギたちとルサカで十分間に合うようになった。

そして、もうひとつ変化があった。空腹になる。とにかく食べるようになった。元々は食が細かったルサカだが、最近は考えられない量を食べるようになった。

特にタキアとの交尾のあとが顕著《けんちょ》で、何か食べないと死んでしまうんじゃないかというくらい、消耗《しょうもう》する。タキアの発情期が終わって交尾がなくなった今も、その時ほどではないが、ひどく空腹になる。この人間離れした身体能力を維持するには、膨大なエネルギーが要《い》るのかもしれない。

そんなわけで、食事作りにも熱が入る。主に食べるのはルサカで、タキアはあまり食べない。人間の料理を食べるのは好きらしいが、竜の主食は、どうも人間が食べるようなものではないらしい。

「何を食べてるのかって聞かれると困るな……。うーん。なんて言えばいいんだろう。……人間でいうところの霞？」

タキアの発言によると、『その辺にあって人間には見えない何か』らしい。それが主食で、ルサカと食べる料理はちょっとしたおやつ的な扱いなのだと言っていた。

発酵が終わった生地を綺麗な丸型に成形し、キッチンストーブのオーブンで焼き始めたその時、珍しくタキアが自分で起きて、厨房にやってきた。

「おはよう、ルサカ」

子供のように目を擦っている。えらく眠たげだった。

「おはよう、タキア。ご飯もうすぐ出来るよ、ちょっと待っててね」

厨房の椅子に座りながら、タキアはあくびを噛み殺す。

「ねー、ルサカ。いつも僕がいない時って、何してるの？」

お茶の準備をしようと、厨房のテーブルに茶器を並べ始めたルサカの手元を眺めながら尋ねてくる。

「……うーん。そう聞かれると困るなあ……。ほうきウサギと掃除をして、食事の仕込みして、時間があれば書庫の本を読むかな。すごいね。料理から歴史から、色んなのあって楽しい。一部読めない謎の言語の本があるけど」

朝食はいつも厨房で簡単にすます。ルサカはせっせとテーブルに食器を並べ始める。

「その謎の言語っていうのは、竜言語だね。……竜の使う文字だ」

そういえばタキアが読んでいる本は皆あの謎言語だ。

「僕は人間の文字、苦手だからなあ。簡単なのなら少し読めるけど」

因《ちな》みにタキアがよく読んでいるのは、例のダーダネルス百貨店の『初級　人間の飼い方』である。彼なりに、ルサカへの接し方を勉強してはいるのだ。

ルサカが入れたお茶を飲みながら、タキアはしばし考え込んでいる。

「……そういえば、人間は寂しがりやだって聞いた。僕がいない間、ひとりで寂しくない？　話し相手とか人間の仲間とか、欲しい？」

「寂しいって言ったら、家に帰してくれるの？」

タキアはぐっと詰まる。

「そ、それはだめだ。もうルサカは僕の番人なんだから……絶対、家に帰さないよ」

分かりきっていた返事だが。ルサカはふう、とため息をつく。

「言ってみただけだよ。……家に帰れるなんて思ってないよ」

タキアは目に見えてしょんぼりしている。そんなに悲しそうにされると、ルサカも胸がちくちくと痛んでくる。

「……タキアも寂しがりやだよね」

図星なのか、かあっとタキアの頬が赤くなる。初めてそんな顔を見た。ルサカもちょっと驚いている。

「り、竜は……巣が大事なんだ。巣に人がいてくれないと、頑張れないんだよ……」

恥ずかしそうにもじもじと口ごもっている。

「前から言ってるけど、僕はルサカを大事にするし……だからここにいて欲しいし、僕の事も好きになって欲しい」

そんな事を言われても困る。そもそも全く合意もなく無理矢理犯しておいて大事にするも何もないだろう。勝手過ぎる。

「あ、パン焼けたみたい」

無慈悲に求愛を無視してルサカはキッチンストーブのオーブンから天板を取り出す。

「焼きたてだよー、おいしいよ。さ、朝ご飯にしよう」

さっさと焼き上がったパンを籠に移して朝食を並べ始める。

「ルサカ、ひどい！　話聞いてないじゃないか！」

「お腹空いちゃってー。まあとりあえず食べようよ。焼きたてのパンおいしいよ。準備手伝ってね」

だいたい、タキアの『ルサカが大好き』は、『この顔と身体が大好き』って言っているようなものではないのか。そうルサカは思っている。

多分、タキアが『綺麗、可愛い』と思っていて、かつ『交尾の相性がいい』と思うと、『大好き』なのではないのか。そもそも、愛情が育つほど出会ってから間がなかった。

ルサカはほうきウサギを捕まえて撫でまくりながら考える。多分このほうきウサギと同じようなものだ。可愛くて役に立つ綺麗なペット。大事にしているペットになついて欲しい。そんなところではないだろうか。

ルサカの方でも、正直そんなものだ。タキアに愛情があるかというと、そうでもない。まあ嫌いではない。顔も綺麗だし、性格も穏やかだし、交尾以外の事なら割とまともだし。攫われた直後に売り飛ばされそうだった『幼い男の子が大好きな変態』のところに行くよりは、マシだとも思える。

交尾も今となっては、特に拒否する理由もないし、受け入れていいかとも思い始めている。言ってしまえば、『タキアが好き』とか以前に、『タキアとの交尾は好き』なのだ。

可愛くて役に立って交尾ができるペットが欲しいタキアも、タキアとの交尾は好きなルサカも、どっちもどっちだと言えなくもない。

ほうきウサギは、ルサカに腹毛を撫で倒されてぷすぷす鳴いている。ぷすっというかぷっというか、なんともいえない鳴き声だ。ふわふわツヤツヤですごく可愛いけれど、クモとかムカデとかクモの巣とか埃とか食べるんだよなあ、と複雑な気持ちでルサカは撫で続ける。

正直『竜の交尾』が強烈過ぎて、タキアが好きとか以前に『タキアとの交尾は気持ちいい』しか浮かばない状態だ。もしも恋愛感情とか好意が育ってから交尾していたなら、もっと違う気持ちだったのか……そこまで考えてから、ルサカは思わずうなる。

そもそも男同士だし！　タキアは人間じゃないし！

毒されている。感覚が麻痺している。なんだか常識が分からなくなり始めてるじゃないか、とやっとルサカは気付いた。

ほうきウサギを撫で倒すのをやめて離してやると、一目散に逃げていく。ぷすぷすは抗議の声だったようだ。

もし他に人間を捕まえてきて番人にしたら、自分に飽きるのでは？

ふと思いつく。ルサカより美しく働き者でかつ卵も産める女性なら、タキアも目移りして、ルサカを家に帰してくれるのではないか。

そう考えてから、はっと我に返る。他人の犠牲で自分が助かろう、なんて浅ましい考えだ。むしろライアネルくらいしか家族がいない自分がここにいて、他の番人は要らない、と主張した方が、攫われる人も、大切な家族を攫われて泣く人も出ず、幸せなのではないだろうか。

そう考えると少しは自分が世の中の役に立てているような気がする。

国策で養ってもらって生きてきたのだ、国の役に立ったと思えば自分の犠牲は無駄な事ではないかもしれない。そんな事を考えていると、朝食後に出掛けていたタキアが帰ってきたようだった。

「……今日、初めて貢物があったんだけど……」

タキアは帰ってくると、疲れきって人の姿になれない時以外は、ルサカとこうして日当たりのいい部屋でお茶を飲む。お茶を飲みながら、今日の成果を語るのが日課だった。

「色々野菜とか果物とか干し肉とか。あとで運び込んでおくよ。あと、他に初めて生贄の人間が捧げられてたんだけど、ひどいんだ」

珍しくタキアが憤慨《ふんがい》している。この人も怒る事があるのか、とちょっぴりルサカは驚いている。

「処女じゃなかった。確かに美人だったけど、生贄は純潔と相場が決まってるだろうに、本当に失礼な話だよ」

「え、何そんなの気にするの？　……別にいいじゃないか、美人なら」

「だめだよ。気にするよ。純潔じゃないと、しるしがつかない。しるしがつかない人間なんて、何回か交尾したら死んじゃうし」

さらりと恐ろしい事を言う。

「なにか今怖い事言ったけど……まさか交尾してきたの？　純潔じゃないとかそういうのって、そうじゃなきゃわからないよね」

「しなくたってわかるよ、ルサカみたいにいい匂いがしない。……もう本当に馬鹿にしてるな。舐めてるんじゃないのかなあ竜を。腹が立ったから、ちょっとその街焼いてきたよ」

やっぱり畜生というか獣というか動物というか竜なんだな、とその話を聞きながらルサカは思う。

軽く『ちょっと焼いてきた』とか言っているし。ちっとも悪い事だなんて思っていない。

さすがにルサカもその話を聞いて、言葉がない。無言になったルサカの真っ青な顔を見て、これは悪い事をしたのかもしれない、とやっとタキアも気付いたようだ。

「だって、純潔じゃない人間なんか差し出してきて、騙《だま》そうとするから……」

言い訳がましく口を尖らせる。まるで子供みたいな態度だ。

「だからって街を焼く事はないだろう。なんでそんなひどい事するんだよ。竜ってそんな乱暴で野蛮な事を平気でするの？」

ルサカにそんな厳しく咎められるとは思っていなかったのか、タキアはみるみるうちにしょんぼりとしおれる。

「もうしない。そんな悪い事だなんて知らなかったんだ……」

そのあまりにしおらしい態度に、ルサカも少し驚いていた。こんな素直に反省するとはちょっと予想外だった。もっと子供のように、『騙す方が悪い！』と開き直るかと思っていた。意外にもちゃんと聞く耳を持っている。

「そんなに他の人間が欲しいの？」

「……だって、貢物に入ってたし」

さすが淫蕩な竜。目の前にあったらやっぱり綺麗な人間は欲しいのか。

「ぼくを大事にするとか……あれは嘘だったのか」

考えてみたら、人間の『大事にする』と竜の『大事にする』は大きく違うのではないか。一夫一妻の人間とはそもそも貞操観念が違っていそうだ。ルサカはティーポットを置いて考え込む。

『ぼくだけにして』とストレートに言うとヤキモチを焼いているのかと思われそうだし、『他の番人を作るなら家に帰せ』だと新しく番人にされる犠牲者が出そうだし、なんて言えばうまくいくのか。いい言い回しはないかルサカが考え込んでいると、テーブルの上のルサカの手を、タキアがきゅっと握りしめた。

「街を焼いたのは、腹が立っただけで、別に綺麗な人間が惜しかったわけじゃないんだ。本当だよ。ルサカより綺麗で可愛い人間なんかいない」

さっきのだけで十分誤解されたようだった。

「心配しなくていいよ。……僕が一番好きなのはルサカだよ。卵が産めなくたって別に構わない。繁殖は兄さんや姉さんが頑張ってるし。……僕は君が僕を好きになってくれればそれで」

「あ。……ええと……」

それも違うが、否定してもなんだかおかしい事になりそうだ。家には帰りたい。けれど他に誰かを犠牲にするわけにもいかない。ルサカは困惑しながら、握られた手をじっと見つめて、小さくため息をついた。

＊＊＊

「ねー、ルサカ。今日は何か急ぎでやる事とかある？」

朝食の準備をしようと食器を並べ始めたルサカの手を、タキアが掴む。タキアは珍しく早起きしてルサカの朝の準備を眺めていた。

「……うん？　特にないよ。いつも通り、ほうきウサギと掃除をして、夕飯の仕込みをして、残った時間で本でも読もうかと思ってた。書庫の本すごいね。料理から歴史から、色んなのあって楽しい」

タキアはルサカを見上げ、小さく微笑む。

「じゃあ、今日は僕のベッドで過ごそうよ」

ルサカの腰を掴み、膝上に引き寄せて、頬に口付ける。

「……待ってたんだよ。もうそろそろいいよね」

「待ってたって……何を？」

意味が分からず、ルサカは聞き返した。

「ルサカが元気になるの、待ってた。……ルサカくらい小柄で華奢だと、繁殖期の交尾に耐えられないで死んじゃう事もあるから、ほどほどにしないといけなかったんだよ」

あれでほどほどだと？　ルサカは思わず言葉を失う。

「だから皆、成長期の人間を番人にしないんだ。せっかく可愛がってても死んじゃったら嫌じゃないか」

交尾で死ぬだと？　ルサカは頭が真っ白になっている。

「普通はそういう人間を拾ってきたら、育つまで待つんだ。……ごめん、育つまで我慢できなかったんだよ」

言いながら、再び口付け、甘く唇を吸う。

「気をつけてたけど交尾し過ぎて、ルサカが弱ってたから……待ってたんだ、元気になるの。今日はたくさんしようね」

なんて恐ろしい生き物なんだ、竜は。交尾し過ぎて死ぬだと？　しるしがついたあとでも？　だから発情期が終わったあともあんなに空腹が続いたのか。今更ながらにルサカは最初の恐怖を思い出す。

「……ちょっと、待ってよタキア」

慌てて唇を引き離す。

「嫌だよ、一ヶ月も我慢したんだよ。今すぐしたいくらいなのに」

「待ってよ、朝ご飯くらい食べさせてよ。お腹空き過ぎて死んじゃうよ」

ちょうど朝のパンの焼き上がる時間だった。ぐずるタキアの手を引き剥がしながら、キッチンストーブのオーブンから天板を取り出し、気付く。

もしかして繁殖期以外なら、竜を拒めるんじゃないのかな。繁殖期はタキアがしたい、と言い出したらまず拒めなかったのに、今はこうして引き剥がせている。タキアもそれ以上はしつこく交尾を要求せずに、大人しく朝食に付き合っている。繁殖期以外なら、交尾もこうして交渉の余地があるかもしれない、とルサカは慎重に考える。

朝食をすますと片付けもさせずに、タキアはルサカを抱き寄せて触り始めた。これは相当我慢していたんだろう。タガが外れたように、ルサカに口付け、撫で、噛み、吸いつく。

「……タキア、ベッドは……？」

厨房の床に転がされて半裸のまま、ルサカは文句を言うが、タキアは止める気はなさそうだ。

「もう無理。……ベッド行くまで我慢できないよ」

発情期の魔力だったのか、あの時ほど言いなりにはならないでいられた。今のところ、ルサカはまだ余裕があった。少なくとも、厨房の床じゃ痛い、と文句を言えるだけの理性が残っている。

「床、冷たいし痛いよ……」

その言葉に、タキアは慌てて跳ね起きる。

「ご、ごめん……。ベッドに行こうか」

石の床に転がされて冷えたルサカの身体を抱き上げて、大人しく寝室に向かう。随分《ずいぶん》あっさりと、タキアはルサカの要求を聞き入れている。

発情期の時のように『とにかく挿入させろ！』というわけではないようだ。タキアは自分で言っているほど、切羽詰《せっぱつ》まっていないのではないだろうか。

ルサカはちょっと冷静になって観察している。ルサカにも余裕がある。発情期の時はタキアにそう迫られたら、すぐに身体が熱くなっていた。今はそれほどでもない。十分、理性を保っていられる。

竜の興奮につられて、番人も興奮するのかもしれない。竜の余裕＝番人の余裕なのだ。なるほど、と思いながら、ベッドに降ろされ、そのままタキアに伸し掛かられる。本当は、タキアはそれほど興奮していないのではないだろうか。ルサカは大人しくされるがままになっているが、タキアの観察をしっかりと続ける。

「……ずっと触りたかったけど、触ったら、したくなっちゃうからね。……キスだけとか、寂しかった」

ルサカの髪を撫でながら、何度も口付ける。

竜はスキンシップが大好きで、寂しがりやなのかなもしかして。そう考えると、素直で子供っぽいタキアが、少し可愛く思える。ルサカはちょっと迷って、それから、おずおずと背中に両手を回してみる。見た目こそ大人だが、タキアの中身は子供そのものの天真爛漫《てんしんらんまん》さだ。

「……ルサカ、大好きだよ」

ルサカの唇や頬にキスを繰り返しながら、タキアはルサカのシャツの中に手を滑らせる。優しく撫で、身体のラインを辿る。発情期の時みたいに、何がなくとも挿入、とにかく挿入！　というわけではないらしい。これが発情期外の交尾かあ、とルサカはまだまだ余裕があった。

「ルサカ、舌、出して……」

口付けを繰り返し、タキアがねだる。言われるままに舌先を差し出すと、タキアは甘く吸いつき、食んだ。

「は……ルサカ、可愛い」

次第にタキアの息が荒くなってくる。それにつられるように、ルサカも甘く吐息を洩らし始める。

これは限りなく、普通の性行為なのではないだろうか。例の古い書庫に、官能小説っぽいものがあったのを見つけて、ルサカはこっそり読んでいた。本当の、人間の性行為がどんなものなのか、確認していたのだ。

ルサカも経験があるわけではないし、そんな時は先人の知恵を拝借するに限る。先人の知恵といえば書物。そういうわけで、書庫で読んだ本にはだいたいこんな感じで甘い雰囲気から性行為、のような描写があった。

シャツの中のルサカの素肌を探っていたタキアの指先が、胸の突起に触れた。その瞬間、ルサカの身体に変化が訪れた。

「あ、あっ……ふぁ……」

小さな突起を摘《つま》まれ、軽く撫でられただけで声が甘く蕩けてしまう。

「可愛い声……もっと聞きたい」

シャツをたくし上げて、その素肌に舌を這わせてくる。ちゅ、と音を立てながら辿り、胸の突起に舌先で触れ、舐める。

「あぁあっ……！　タキア、あっ……！」

少し舐められただけで、全身が甘く蕩けそうに痺れ始める。ルサカの甘い声につられるように、タキアの愛撫がより激しくなる。胸の突起を舐り、舌先で捏ねられる。それだけで感じ過ぎルサカは背筋を震わせる。

「……気持ちよさそう。……こっちもすごいね」

タキアは手を伸ばし、ルサカの下着の中に差し入れてくる。胸を弄られただけで、ルサカのそれは蜜を洩らしながら硬く膨れ上がっていた。

「ルサカ、こんなになってるよ。……ルサカも僕としたかった？」

タキアの指がルサカの硬くなったそれを擦り上げるたびに、濡れた音が立つほどに、ルサカは蕩けていた。

「出ちゃうかな……ほら、ルサカ……」

下着の中で、タキアの指先が、蜜を溢れさせる鈴口を撫で、擦る。そのたびにくちゅっ、という粘った水音がルサカの耳を打つ。

「あ、あっ…！　あ、タキ、ア…、もう、いっちゃ、う、だめ、あ、あっ…！」

ルサカはたまらずに甘えた声で鳴いて、果てた。どろっとした体液が、下着を濡らす。その感触に、思わずルサカは身震いする。

「たくさん出たね、ルサカ……。次はどうしたらいいか、分かるよね」

タキアはルサカの耳朶を甘く噛みながら、達してすぐまた硬く膨らみ始めたルサカの性器を撫で続ける。ルサカは言われるままに、下着ごとズボンを下ろす。

「……どこに入れて欲しいの？　……僕によく見せて」

タキアの息は興奮に荒く乱れている。この声を聞いたら、もうルサカは逆らえない。タキアに性器を弄られながら、自分の片方の膝裏を掴み、おずおずと足を開く。

「……ルサカ、いい子だね」

ルサカの震える唇に口付けてから、タキアはルサカの膝を押し上げ、ルサカの秘められた場所を晒す。

「もう赤くなってる。……ひくひくしてるよ、ルサカ」

ルサカは羞恥に震えながら、身体を竦めているが、タキアが欲しいという欲望を抑えられそうになかった。タキアが見せつけるかのように、ズボンをくつろげ、その硬く大きく反り返った異形の生殖器を取り出しただけで、たまらずに甘く声を洩らしてしまう。

「タキア、早く、ねっ……」

膝を掴むタキアの手に指をかけ、ねだる。

「ルサカは本当に素直だね……。……いいよ」

その膨れ上がった異形の生殖器を、タキアを求めてひくひくと痙攣《けいれん》を繰り返す蕾に押しつけ、先端を含み込ませる。

「あ、あっ……あ、んぅっ……!」

思わずルサカは腰を揺らし、その先をねだる。

「っ…だめ、だよ。……いきなり奥まで入れたら、壊れちゃうよ……」

「だ、って、あ、あーっ…あ、んぅっ…」

タキアが浅く挿入し、出し入れするだけで、蕩けて甘い声を洩らす。ゆっくりと出し入れするたびに、タキアの先走りでぬめり、くちくちと濡れた音が響く。

「あっ、あう、くぅ、んっ……」

その蕩けそうな甘さに、ルサカはうっとりと吐息を洩らす。ルサカの硬く立ち上がったそれは、浅く突かれるたびに、たらたらと体液を洩らし、下腹の紅い花を濡らしていた。

「っ、は……僕も、そろそろ限界かも。……く、っ……」

浅く出し入れしていたそれを、そのまま奥までゆっくりと挿入する。タキアはそのまま激しく突き上げ始める。

「あっ、ああっ…！　あ、んくぅ、ああっ…！」

熱く脈打つそれに、息ができないくらいに感じてしまう。ただひたすらに、ルサカは喘ぎ続ける。


タキアはルサカと繋がったまま、ひたすら髪を撫でたり、頬やこめかみに口付けたり、時々甘く唇を吸ったりと優しい。これはあれだ。まさに官能小説の性行為と同じだ。下腹にタキアの熱を感じながら、ルサカは真剣に考え込む。

発情期のタキアは文字通りのケダモノで、とにかく挿入させろの一点張りだったけれど、ちゃんとこういう、人間っぽい交尾もできるんじゃないか。最初からこうだったら、少しはタキアの人っぽいところを愛したり出来たのかな、とかルサカはぼんやり考える。

ふと、髪を撫でるタキアと目が合う。この不思議なすみれ色の瞳は、よく見ると人間の虹彩や瞳孔と違う。瞳孔は猫や蜥蜴《とかげ》のように、細い。濃いすみれ色の虹彩で目立ちにくいが、こうして近くでよく見ると、やはり、人ではないのだな、と思い知らされる。

そう考えてから、思えば一番人間と違うところは、今、自分の中に埋め込まれているタキアの明らかに人外なこれだな、と一人で納得する。

じっとルサカが見上げると、タキアは子供のように無邪気に笑う。もし、タキアを愛せたら、交尾がただ気持ちいいだけの行為ではなくなるのだろうか。

そんな事を考えていると、見上げるルサカに誘われたように、タキアが唇を寄せてくる。唇を子猫のように舐め、ルサカの舌先を誘う。薄く開いたルサカの唇から舌先を誘い出すと、その熱く柔らかな舌先を甘く食む。

下腹の紅い花の奥にあるタキアが、再び熱く張り詰め始めると、たまらずに焦れたルサカは腰を揺らして、その先をねだる。タキアの小さな笑い声が聞こえる。

「ルサカ、えっちだね。……本当に可愛い。大好きだよ」

タキアの無邪気な笑顔に、ルサカは少し、胸が痛む。

本当に、不思議だ。タキアがルサカにした事なんて、考えるまでもなく、ひどい事だ。合意もなく無理矢理犯され、こうして家に帰る事もままならずに、監禁されている。それなのに、何故かタキアを憎む事ができなかった。タキアはあまりに無邪気に、無垢に、素直に、剥き出しの愛情をルサカに囁いて、抱きしめる。

ふと、この前の街を焼いた話を思い出す。

『そんなに悪い事だと知らなかったんだ……。』

ルサカに咎められしょんぼりと俯いて、そんな事を言っていた。

もしかしたら、分かり合えるのだろうか。竜と人間なんて、こんなに考え方も常識も違う。

タキアのモラルとルサカのモラルは、あまりにも違い過ぎて、噛み合わない。

目の前のタキアの、不思議なすみれ色の瞳を見上げながら思う。

分かり合えたなら、タキアを好きになれるのかな。

その見上げていたすみれ色の瞳が瞬き、唇が触れる。唇に甘く噛みつかれながら下腹の紅い花の奥深くを抉られて、ルサカは小さく、悲鳴のような甘く高い声を漏らす。

好きになれたら、こんなに胸が痛んだりしないのかな。

＊＊＊

「ルサカを着飾らせたい」

これは本気だ。真顔でタキアは珊瑚が持ってきたダーダネルス百貨店の服飾カタログを熟読している。

「これだけ可愛らしい番人を持っていたら、お召し物にも気を遣いたくなりますよね。……今シーズンの流行ですと、こちらのクラシカルなタイプのものなど大変おすすめです」

珊瑚も真剣に見繕っている。当のルサカはといえば、『特選キッチンカタログ』を読むので忙しい。この手の家事全般のカタログが人間の言葉で書かれているところをみると、番人向けなのだろう。ルサカは夢中で見ている。

タキアと交尾をしていると、とにかく死にそうに空腹になる。その空腹を迅速に満たすためには便利な調理器具。というわけでルサカも必死だ。タキアと珊瑚の密談などまるで聞いていない。

「今度兄がまた遊びに来るって言ってるんだ。……ルサカを気に入ってて羨《うらや》ましがってたから、着飾らせてみせびらかしたい」

子供っぽくて無邪気かと思ったら、案外タキアは黒い。いやむしろ、自慢の番人を見せびらかしたいとか、子供がおもちゃを見せびらかすようなものか。

「と申しますと、リーン様ですね。当店を大変ご贔屓《ひいき》にしていただいて、巣にも私の実兄の群青《ぐんじょう》がお邪魔させていただいております」

「珊瑚さんちは兄弟でダーダネルス百貨店にお勤めしてるのかあ」

「兄が十五人ほど勤めておりますね。外商部にいるのは、五人程度です」

「!?」

思わずルサカも聞き耳を立てる。十五人も兄がいるとは……人外恐るべしである。

「他の竜は、番人にどんな服着せてるのかなあ……。すごく悩む」

気に入った服があったところに付箋《ふせん》をつけながら、タキアは真剣に考え込んでいるようだった。

「……そうですね、男性の番人を寵愛《ちょうあい》していらっしゃる方は結構いらっしゃいますよ。ただ、ルサカさんのような、年若い番人をお持ちの方は、私のお客様にはいらっしゃらないので……」

珊瑚だって見た目は子供だが、実は軽く三百年は生きているそうだ。

「うーん……ルサカ、服買ってあげる。どんなのが欲しい？」

振り返ってタキアに声をかけられた時、ルサカはまた『特選キッチンカタログ』に釘付けになっていた。

「エプロンかな。あと動きやすい服」

カタログから顔も上げずに素っ気なく返す。

「そんなのつまんないよ！」

「じゃあなんでもいいよ」

ぞんざいに扱われて、タキアはふてくされている。

「……じゃあ、珊瑚さん。これとこれとこれ」

タキアは膨れたまま、勝手に注文する事にしたようだ。

「承《うけたまわ》りました。サイズの在庫はございますので、明日にでもお届け致しますね」

ルサカはカタログを見ながら注文書を書くのに忙しい。

珊瑚はちらっとそのルサカを見る。

「……よろしいんですか？」

「ルサカがなんでもいいって言ったし」

まだタキアは拗《す》ねている。

「……返品も承りますので……」

「絶対に着ないから！」

それはもう猛烈にルサカは怒っていた。だがぞんざいに扱われて拗ねていたタキアも引き下がらない。

「ルサカがなんでもいいって言ったんじゃないか！　それにちゃんと条件満たしてるよ、エプロンで動きやすいって！」

「人間の男は、女物なんか着ないんだよ！」

そうです、お祭しの通りベタですがメイドさんのエプロンドレスです。

「綺麗だしいいじゃないか。これ、似合うと思うし」

タキアは別にルサカを辱《はずかし》めようとかそういうプレイがしたいとかでなく、純粋にルサカの要望の『エプロン』で『動きやすく』てタキアから見て『綺麗』で『似合いそう』なものを選んだつもりなのだ。

ただ、女物はもしかしたら嫌がるかもしれないとはタキアも思っていたようだ。

「い・や・だ。……返品伝票書いておくから、それぐしゃぐしゃにしたり汚したりしないでよ」

タキアは拗ねて寝椅子に寝転がっている。

「だって男物はちっとも綺麗じゃない。色も地味だし柄も地味だしキラキラしてたりフワフワしてたりしない」

言われてみればそうだ。確かに男物はキラキラもフワフワも綺麗な色もしていない。

「綺麗なのは皆女物なんだよ……。ルサカには綺麗なの着て欲しい」

竜の美意識では、番人はキラキラしていて欲しいものなのか。とにかく羞恥プレイを強いているわけではなく、純粋に可愛い綺麗な服を着て欲しいのはルサカも理解した。

「だからと言って女物は着ない。スカートとか無理」

「どうせ見るのは大半僕だし稀に兄さんとか珊瑚さんくらいじゃないか。あとほうきウサギ」

ルサカはタキアからメイドさんのエプロンドレスを奪い取ってたたみ始める。

「それでも嫌なの。そこまで言うならタキアが着れば？」

「嫌だ、ルサカが綺麗な服で着飾ってるのが見たい」

駄々っ子と一緒だ。とても大人に見えない。

「……そういえば、タキア幾つなの」

そういえば具体的に年齢を聞いた事がなかった。見た目は二十歳前後だけれど、竜なので多分、見た目よりも年は上ではないだろうか。

「五十歳だよ。五十歳で独り立ちするようになるけど、百歳くらいまで実家にいる竜もいる」

人間だったらいいおっさんなのに、竜はこんなに子供っぽいのか。それとも成長が遅いのだろうか。

「兄さんは千歳くらい、姉さんは五百歳くらいかな。兄さんは大きいハーレム持ってるけど、男の番人は、僕が知る限りじゃ四人くらいかなあ。姉さんのところも男は二人くらいかな。皆大人の番人だから、服は地味だなあ」

「そういえばあまり子供の番人はいないって言ってたもんね……」

竜の交尾が激し過ぎて、子供では無理がありすぎるだろう、というのはルサカも今なら身をもって理解している。

「皆子供を連れてきたら育つまで待つからね」

育つまで待つ。

ルサカは何かが引っかかった。育つまで待つ。番人は大人ばかり。竜の寿命は長い。急激に上がった体力。下腹の紅い花。

まさか。

悪い想像をした。そんな事がありえるのか。ルサカは不安をそのまま口にする。

「タキア。……どうして、育つまで待つの？」

「交尾に耐えられる体力と身体にならないと。……しるしがついたら成長が止まっちゃうからね」

一瞬、何を言われたのか理解できなかった。

「成長が止まる……？」

「成長も老化もしない。いわゆる不老長命ってやつかなあ」

何も考えられなかった。頭の中が真っ白になる。

ここに連れてこられて二ヶ月くらい経っている。攫われる前は、ライアネルがよく背を測ってくれて、最近ものすごく伸びてきたから、今度服を買い替えようという話をしていた。それくらいめきめき背が伸び始めていた。

今は？

攫われてから測る事などなかった。本当に伸びていないのか。

「竜は繁殖のために人と交尾できるよう、人型にもなれる進化をしたけど、人の寿命は短いし、弱いから。だから多分、しるしをつけて竜と添い遂げられるようになったんじゃないかなあ。詳しい事は僕も分からない。……こういうものだと思って疑問にも思わなかった」

タキアはたいした事ではない、とでも言いたげだ。

確かに人攫いから助けてもらった。あのまま連れ去られていたら、想像できないくらいの地獄が待っていたかもしれない。タキアは、その悲惨な運命から救い出してくれたかもしれない。

だからといって、こんな事が許されるのか。ルサカは石の床に崩れるようにへたり込む。

「ルサカ！」

驚いて手を伸ばしたタキアを、ルサカは払いのける。

「なんでこんな事を、なんで。なんでなんだよ！」

タキアはルサカのこの怒りを理解できないようだった。何をルサカが悲しみ、憤《いきどお》っているのか、まるで理解していなかった。悲しいくらいに、人と竜には隔たりがあった。

「もう帰れない。……歳をとれないなんて、成長しないなんて、もう帰れないじゃないか……」

耐えきれなかった。ルサカは声をあげて、子供のように泣きじゃくる。

ライアネルに会いたかった。

誰よりも慈しみ愛し、育ててくれた。ルサカにとっては、父でもあり、兄でもあった。そして、たった一人の家族でもある。そのライアネルの待つ、あの青い屋根の石造りの屋敷に、いつかは帰れるのではないかと思っていた。

もう、帰れない。

たとえ帰れたとしても、ライアネルと歳を重ねて生きていく事もできない。

「戻せ。……元の身体に戻せよ！　帰りたい。ライアネル様のところに、帰りたいんだ……！」

ただ泣き叫ぶ事しかできなかった。帰りたい。ライアネルに会いたい。毎日が幸せだったあのいつもの日常に、帰りたい。もうそれが叶わない事だとしても、ただそれだけしか、考えられなかった。

ルサカは厨房の壁に背中をつけて立って、印を刻む。壁の印を見つめながら、今からでも確かめるために測ろう、と決める。

タキアの言葉通りなら、竜の長い命と添い遂げるために、番人も不老と長寿を与えられ、完全に人でなくなってしまったという事になる。それが本当なら、もう二度と、ライアネルと暮らす事はできない。人でないものが、人として暮らせるはずがない。

あれからタキアとはろくに口を利いていない。タキアは何かとルサカに声をかけ、心配をしているようだが、今はタキアの顔など見ていたくなかった。タキアと何を話せばいいのかも分からない。口を開けば詰《なじ》る言葉しか出てこないのは分かりきっている。

これが嘘であったなら。何もかも嘘なら。いっそ、これが悪い夢だったらよかった。目が覚めたら、いつもの自分の部屋のベッドの上であってくれたらいいのに。何度もそんな事を考え、泣きそうになる。

立っていられないくらい、眩暈《めまい》がしていた。ルサカはあやうい足取りで壁伝いにテーブルに寄り、椅子に座り込む。

「……はい。お茶」

ぽん、と手にカップを持たされる。

「ありが……!?」

あまりに自然に渡されて、ルサカはカップとその人を二度見した。

「探したけどタキアがいない。……また帰ってきていないか？」

勝手にお茶を淹れて隣に座ったのは、リーンだった。ルサカは驚きのあまり言葉が出なかった。呆然とカップとリーンを見比べる。

「……この間はろくに挨拶《あいさつ》もしないで触っちゃったね。ごめんごめん。よかれと思ったんだけどね」

この間。

あの時の事を思い出して、かあっとルサカの顔が赤くなる。

「そんな可愛い顔すると、また触るよ」

そうは言われても初対面であんな事をして、ルサカはどういう顔をしていいか分からない。

慌てて下を向くが、言葉が何も出てこない。

「今更だけどはじめまして。……覚えてる？」

タキアによく似た赤毛にすみれ色の目のリーンは、穏やかに話しかけてくる。ルサカの方はもう羞恥で顔が上げられなかったし、うまく言葉が出てこない。あんな事をしてあんな姿を見られたとか、いたたまれなさ過ぎて混乱するしかなかった。

「タキアのお兄ちゃんのリーンだよ。……そんなに怖がらないで大丈夫。とりあえずお茶でも飲んで落ち着いたらいい」

竜のゆるゆるなモラルなら、あれくらいたいした事ではなく、それこそ番人とスキンシップしたくらいにしか思っていないのかもしれない。だがルサカには人のモラルと常識がある。あまりの羞恥にルサカはいっそ走って逃げようかとも思い始める。

「俺も君みたいな可愛い番人が欲しくて探してるんだけど、なかなかいないね」

リーンは何気ない素振りでルサカの頭にぽん、と手を置き、そのココア色の髪を撫でる。タキアは長身だけれど細身だった。華奢と言っていいくらい腰も細かったし、手も女性のようにしなやかで美しい指をしていた。

リーンの見た目は二十代後半くらいに見える。タキアと同じように長身だけれど、タキアのように華奢ではなかった。大人の男性、という体格。その手もタキアのようにしなやかだったが、大きな手だった。

そうだ、ライアネル様もこんな大きな手だった。

剣を握るその手は軍人らしく無骨《ぶこつ》で、こんな風に大きな手をしていた。ルサカはライアネルが、時折こうして頭を撫でてくれた事を思い出す。

ルサカの髪を撫でてひこうとしたリーンの手を、思わず取って握ってしまう。大きな手に、とても安心感を覚えた。それがとても懐かしくて恋しいライアネルの手のように思えてしまった。リーンも少し驚いたようだが、されるがままになっている。

ルサカはおずおずと顔を上げ、リーンを見上げて、微笑む。とても嬉しかった。ライアネルに撫でられたような錯覚を覚えてしまっていた。

ただ、嬉しかった。懐かしく切なく思えた。それだけだった。だから、竜を誘惑するつもりなんて、全くなかった。


よく分からないが、何故こうなってしまったのか。

リーンの膝に乗せられて、何故、今、こうしてシャツの中に手を入れられているのか。ルサカは全く抵抗する気が起きなかった。ただ、されるがままに、唇を震わせて甘い声をあげる。

「……感じやすいね。これだけで蕩けちゃうのか」

シャツの中の大きな手は、気まぐれに下腹の紅い花を撫で、胸の合わせ目を辿り、ルサカの胸の小さな突起を撫でる。

「あ、ふ……っ…」

少し撫でられただけで、蕩けそうな顔でルサカは目を伏せる。大きな手に見合わないくらい、リーンの指先は優しい。撫で、軽く捏ねるように柔らかに擦り、ルサカの甘い声を引き出そうとする。

「やめ、あ、あっ……ん」

背中から抱きしめる手が、自分の胸の上で動くさまを、ルサカはぼんやりと眺める。はだけたシャツの胸元から、リーンの指に摘まれ赤く尖り始めた胸の突起が見えた。

「……そろそろタキアが帰ってくるかもね」

そう言いながら、リーンはやめるつもりがなさそうだ。ルサカの額やこめかみ、耳朶に甘く吸いつきながら、淫らな指先はルサカの快楽を引き出そうと、悪戯をやめない。

「……もっ……」

ねだるようにその手に指をかける。たまらなくその指先が甘く感じられた。下腹の紅い花の奥深くが、痺れるくらいに熱かった。耐えきれずにルサカはその先をねだる。

「やらしくて素直とか、本当に最高の番人だな。……ルサカ、ほら」

ルサカの下腹に手を伸ばし、ボタンを外しズボンをくつろげる。もう熱く硬く張り詰めているルサカのそれに触れようと下着に手を差し入れ、空いた手でルサカの震える唇に触れる。その顎《あご》をひいて、口付けようと唇を寄せたその時だった。

「……ほんっとうに、兄さんも懲《こ》りないね。ルサカは僕の番人だって何回言ったらわかるの」

いつの間にか背後に立っていたタキアの掌《てのひら》に、またルサカの唇を塞がれる。

「またかよ。……お前も見てるのかってくらい、いいタイミングで帰ってくるなあ」

渋々リーンは背後のタキアを振り仰ぐ。

「よその番人みたいに、気安く交尾できると思わないで欲しいね。……ルサカはそういう番人じゃないんだ」

もぎ取るように蕩けたままのルサカを奪い返し、抱きかかえる。

「番人になりたてで竜に免疫がないんだ。ルサカを弄《もてあそ》ぶのはやめてくれ。……幾ら兄さんでも怒るよ」

タキアは熱を帯びたままのルサカの額に触れ、何か短く呪文のようなものを唱《とな》える。その額から手を離すと、ルサカはぐっすりと眠り込んでいた。

「いいじゃん、ケチ。番人とか、主が留守なら客人を身体でもてなすもんだろ」

「そういう事はルサカにさせないから」

弟がこんなに怒るのを、初めて見たかもしれない。リーンはちょっと意外に思っていた。

おっとりのんびりで、甘ったれの末っ子だったタキアが、ちょっと見ないうちにこんな風に自己主張するようになったのか、とリーンは感心していた。

「そういえば他の番人作らないのか、タキア。……そんな華奢で壊れやすそうな番人じゃ、満足するまで交尾できないだろ」

一瞬タキアが詰まる。言葉を選んでいるのか少し迷っているようだった。

「……ルサカがいるから要らない。……我慢くらいできる」

ますますリーンは驚いている。

「へー。生涯、ルサカだけでいいって事？」

完全にからかう口調だ。少し意地の悪い笑みを浮かべながら、煽るようにそんな事を言う。

タキアはそんな兄のからかいにも気付いていないのか、真剣そのものだ。

「……いいよ。ルサカが大事なんだ」

タキアがこんな事を言うとは。少々、面白半分にルサカに手を出した事を反省する。

「ちょっとルサカを寝かしつけてくるから。……兄さん、悪戯して歩かないでよ」

ルサカを抱いて厨房を出て行くタキアの背中を見送りながら、リーンは弟の成長と変化に興味津々だった。

それはそれで、弟をからかういいネタになってしまうわけだが。弟は可愛いからこそ構いたい。

見送りながら、リーンは小さく笑いを洩らす。

＊＊＊

「あの、国境に巣を作った竜。ものっすごい美意識高い系らしいですよ」

第六騎士団の副団長室に入ってくるなり何を言っているのか。

「なんなんだその美意識高い系って」

ライアネルは書きかけの書類から目を離してジルドアを見上げる。

「簡単に言うと、めっちゃめちゃ面食いらしい、です」

何故あえて意味不明な言い方をするのか。

ジルドアは面白い奴だがこれがジェネレーションギャップというものだろうか。十歳も下だしなあ、とライアネルは考える。

「南のヨッツの街で、竜が大暴れして街の一部を焼き払っていきました」

「なんでまたそんな事に。随分大人しいというか、無益な殺生を嫌う竜だと聞いていたんだが」

「ヨッツの街で財宝や食料と一緒に、街で一番の美人を献上したそうなんですが、それが気に入らなかったみたいで」

ジルドアはその事件の詳細を書かれた騎士団上層部からの報告書を持っていた。それをライアネルの机に差し出す。

「ああ……それで美意識高い系か」

「ヨッツの役人によれば、十人が見たら九人は美人だと言うだろうってくらいの美人だって言うんですよ。それなのに竜が怒り出したと」

どれほど面食いで贅沢《ぜいたく》なのだ。

「あれじゃないのか、竜が雌だったとか」

ふと思いつく。雌なら人間の女を献上されても困るだろう。

「竜は男女関係ないですよ。美しければなんだっていいそうです。つまり竜は全員両刀です。無節操ですね」

「綺麗なものが大好きだっていうからなあ。綺麗だというのが最重要項目なんだろうな」

「そうそう、それが美意識高い系です」

ジルドアは本当によく分からないが面白い。ライアネルは受け取った報告書をパラパラとめくる。

「うかつに人を献上しない方がいいんじゃないか、そんな面食いなら」

「そうかもしれませんねえ……。よかれと思ったんでしょうが。もう素直に十人くらい並べて好きなの持っていってもらったらいいんじゃないですかね」

ものすごく不謹慎な事を言い出している。

「……それにしても恐ろしいな。竜の気に入らないような美人を差し出したら、報復に街を焼かれるのか」

ジルドアが何か思いついたのか、ライアネルに渡した報告書をめくって、別のページを差し出した。

「こっちは、西のネル村の貢物の報告なんですが。ネル村は小さい村であまり豊かではないんです。……なので村人は、精一杯のもてなしとして、村でよく取れる林檎と、貴重な小麦を供《そな》えてみたらしいんですよ。村には、竜に見初《みそ》められた娘の伝説が残っていて、竜を神のように崇《あが》めています」

とんとん、とその伝説らしい一説を記したところをジルドアは指し示す。

「そこに例のファイアドラゴンがやってきたらしいんですが、林檎だけ持ち去って小麦は置いていったそうです。で、小麦を置いていった理由は分からないんです。別に村を焼き払われる事はなく、以前に村の傍の山が崩れて、その時の落石で水場の一部を塞いでいたんですが、その岩をどけて帰っていったと」

「……小麦は貴重だと知っていたのか、竜は」

「さあ……それは分かりません。けれど、貢物の量や質じゃないっぽいですね、竜が何かお返しをしていくのは」

ライアネルも少し考え込む。竜なんか、遠い国の噂で聞くくらいだった。こんなにも人間くさい生き物なのか。

「じゃあ、何故美人が好みじゃなかったくらいで街を焼いていったんだろう……？」

ジルドアは何か思いついたようだった。ああ！　という顔をしている。

「ライアネル様、きっとあれです。……生贄は純潔と相場が決まってます。多分その美人はもう純潔を失っていたんじゃないかと。それで竜が怒り出したのでは？」

なるほど、そういう見方もある。

「そもそも、美形なら男女共に子供の頃からモッテモテですからねー。そりゃ大人になっても純潔を維持してる美形なんかいやしませんよねー」

だから古来から、生贄といえば子供だったのかもしれない。

そこでふと、ライアネルは思った。ルサカはまだ未成年で、考えられない美貌を持っていた。間違いなく純潔でもある。竜が欲しがる条件を完全に満たしている。

やはり、ルサカは竜に連れ去られたと思って間違いないのではないか。まずは竜に接触する事を考えるか。確かめるだけでもいい。話が通じるなら、交渉をしてもいい。払える代償は払える限り払う。

ルサカは弟のようなものだ。諦めるわけにはいかない。それに、このジルドアの言う竜はどうも人間くさい。話が通じるかもしれない、とライアネルは淡い期待を抱く。

「犬を飼おうと思う」

タキアはえらく機嫌が悪い。暫《しばら》く黙り込んでいたかと思ったら、突然こんな事を言い出した。

「……なんでまた急に」

ルサカは床を磨いていたが、手を止めて顔を上げる。あれからぎくしゃくはしていたが、それなりに会話には応じている。どのみち、ルサカはこの断崖絶壁の古城の巣から逃げる事もできない。そんな状態でタキアを完全に無視できるはずがない。

それに動機はどうあれ、リーンの悪戯から守ってもらった恩義くらいは感じている。

「ルサカが兄さんに触られたりするのが嫌だから。番犬を飼う事にした」

まだ怒っているのか。あれから数日が経ったが、タキアはぷりぷり怒って拗ねていて、面倒な事になっていた。完全にぐずった子供状態だ。

「兄さんが巣に入ってもルサカは気付かないだろうから、番犬を飼って、来訪を教えるように躾けるし、ルサカに僕以外が近づかないよう、威嚇《いかく》も覚えさせる」

犬ごときが竜に勝てるのかな、とルサカはぼんやり考える。

「兄さんが来た事を犬が教えてくれれば、ルサカも逃げる準備ができるだろうし、とにかく犬を飼うよ！　もう珊瑚さんも呼んだし！」

ちょうどその時、エントランスから珊瑚の声と呼び鈴の音が鳴り響いた。それにしてもダーダネルス百貨店は手広い。ペットも扱うのか、とルサカは感心している。

「番犬といえばこちらですよねやはり」

珊瑚が笑顔でトランクから取り出したのは、黒々とした子犬だった。

「……あの……これ、頭が三つあるんだけど……」

どう見ても普通の犬ではない。普通の子犬が来ると思い込んでいたルサカには衝撃的だった。

「そうですね、番犬で一番人気というと、やっぱりこちらのケルベロスなんです」

珊瑚は膝の上にケルベロスの子犬を載せて、血統書を広げる。

「こちらのケルベロスは非常に優秀な家系で、父系も母系も獰猛《どうもう》さと忠誠心に定評があるので、非常におすすめとなっております」

ルサカの顔が真っ青になっている事に、タキアも気付いたようだった。

「ルサカ、頭が三つある犬は嫌？　受け付けない？」

ちょっと無理だ。普通の犬が来るとばかり思っていたから、衝撃もひとしおだし、それにこんなヤバそうな子犬、見た事がない。牙はすごいし尻尾は竜の尻尾みたいだし、動物好きのルサカは可愛がる気まんまんだったが、これはちょっと厳しそうだった。見た目で差別してはいけないけれど、露骨に異形の犬はやはり難易度が高過ぎる。

「……もうちょっと、普通の犬っぽいのはいないのかな……」

「そうですね……あとはこちらの子犬が。ケルベロスには劣りますが、こちらもなかなか優秀な番犬になれますよ」

頭が三つある子犬をトランクにしまい、代わりに、艶のある子犬を取り出す。

「こちらの子は両親共にチャンピオン犬で、戦闘能力、忠誠心、知能どれも文句のつけようがないくらいのハイクラスです。お値段が少々張りますが、当店が自信を持っておすすめできる子犬ですね」

少々毛が長めでふわっとした子犬だった。黒々とした毛並みは艶やかで、とても可愛らしく見えたが、目が燃えるように真っ赤だった。

「これは……」

可愛いけれどやはり普通の犬ではなさそうだ。さすがにルサカも察知する。

「人間には、ヘルハウンドとか、黒妖犬とか、ブラックドッグ、とか呼ばれていますね。成長すると火を吐いたりするようになりますが、それ以外は忠誠心が高めの、人間に飼われている犬とそれほど違いはないかと思いますよ」

火を吐く、という時点で大違いだ。

「非常によくなつく賢い犬なので、ルサカさんが飼うなら、この子が一番飼いやすいタイプだと思いますよ」

珊瑚にすすめられて、ヘルハウンドの子犬をルサカは抱いてみる。目だけは真っ赤だったが、それ以外は確かに普通の犬っぽくも見える。ルサカと目が合うと、普通の子犬のように、千切《ちぎ》れんばかりに尻尾を振って見せた。

「ルサカ、その子にする？　……さっきのケルベロスよりは、ルサカも馴染めるんじゃないかな」

確かにそうだ。さっきのケルベロスはちょっと仲良くするのが厳し過ぎる。まだこっちの方が普通の犬だと思い込める。

「珊瑚さん、この子すっごい高そうだけど……幾ら？」

こそこそとタキアは珊瑚に耳打ちする。

「そうですね……これくらいになります」

珊瑚は小さな紙に、さらさらと書いてタキアに見せた。

「…………結構するね。……でもルサカが気に入ったみたいだから」

一瞬タキアの息が詰まった。それくらい、かなりのいいお値段だったらしい。

「タキア様には色々ご購入いただいていますから、ペット用品はオマケさせていただきますよ」

頷いて、夢中で子犬を抱いてじゃらしているルサカに声をかける。

「ルサカ、その子がいい？　その子が欲しい？」

あの泣き叫んだ日から、ルサカはろくにタキアの顔を見ようとしていなかった。あの日から初めて、ルサカははっきりと顔を上げ、タキアの顔を見てきた。

「……いいよ。ちょっと一緒に遊びたかっただけだし」

素直になれないのか、それとも、高価そうなのを察して遠慮しているのか。

どちらにせよルサカが犬好きで、この子を可愛いと思っているのは間違いない。

「珊瑚さん、この子貰うよ」

タキアの言葉に、珊瑚は満面の笑顔で頷く。

「お買い上げありがとうございます。お値段以上のいいお買物ですよ。この珊瑚が自信を持って保証致します」

ルサカは黒い子犬を抱いて、タキアを見上げる。少し躊躇うような仕草を見せて、それから、随分久し振りに、ルサカはタキアに笑顔を見せた。

「ありがとう、タキア……」

「よーし、君の名前はヨルだー。黒いから夜、ヨルちゃんだよー」

ルサカはご機嫌で子犬を高い高いしてみたり抱っこしてみたりと、忙しい。ルサカは名前を付けるセンスがいいんだか悪いんだか、ちょっとわからないな、とタキアは内心思ったがあえて口には出さない。

少し躊躇いながら、ルサカは寝椅子に座っているタキアに歩み寄ってきた。

「……タキア、すごく高かったんじゃないの？　それなのに、いいの……？」

変なところですごく心配されている。

「そんなに高くなかったから、心配いらないよ」

ルサカが笑ってくれるなら、決して高い買物ではなかった。こんな事でルサカの機嫌をとろうなんて、姑息《こそく》な事は思っていない。ただ、ルサカの喜ぶ顔が見たかった。笑っていて欲しかった。

理由など分からない。

ルサカが悲しんだり、泣いたりする事が、タキアにとっては何よりもつらい事のように思えていた。

なんだかんだでヘルハウンドでも犬は犬、犬好きのルサカは嬉しかった。

「ヨル、ほうきウサギと遊んでおいで。齧っちゃだめだよ、仲良くね」

床にヨルを降ろしてやると、ヨルは子犬とは思えないスピードで走っていく。なるほどさすがヘルハウンド、恐ろしい俊足だ。ヨルを降ろすと、おずおずと、タキアの手がルサカの手に触れてくる。

「ルサカ……。僕も構って欲しい」

そんな捨てられた子犬のような顔で言われてしまうと、ルサカも拒めない。タキアのこんなところを、ちょっと可愛いと思ってしまう。あまりに子供っぽい仕草に、思わず笑ってしまった。そのルサカの反応を見て、タキアもほっとしたのか、少し甘えるような仕草で、ルサカを背中から抱きしめてくる。

「……タキア、交尾したいの？」

「ちが……！　ま、まあそれもしたいけど……」

正直過ぎる事を口走りながらも、もじもじとタキアは口ごもる。

「……しても構わないけど、ご飯食べてからでいい？　……したあとにご飯作るのはしんどい。それにヨルにもご飯あげないと、朝にはほうきウサギが減ってそうだよ」

それは一理ある。タキアも内心ほうきウサギが無事でいられるか心配しているし、それに、やっと笑ってくれたルサカを、また泣かせたりしたくはなかった。素直に頷く。

「えーと……ルサカにお願いがあるんだよ」

背中から抱かれていて、タキアの顔は見えない。けれど項《うなじ》に押し当てられたタキアの頬が熱いのは、ルサカもわかった。

「もう兄さんに触らせないで欲しいんだ。……勿論《もちろん》、ルサカが好きで触らせてるんじゃないって分かってるよ。分かってるけど、嫌なんだよ」

『竜と暮らす幸せ読本』には、主に命じられて来客と交尾する事もある、と書かれていたな、とルサカは思い返す。

それが竜には普通の事のように書かれていた。繁殖期以外なら、主のために来客を身体でもてなすのも番人の仕事だと書かれていて、本当に竜のモラルはゆる過ぎでおかしいだろう、とルサカも思っていた。しないですむなら知らない竜なんかとしたくないし、拒めというなら拒むけど、とルサカは心の中で色々考える。

「竜に誘惑されたらルサカは拒めない。だから、ヨルもいるし、逃げて欲しいんだ。絶対に触らせたりキスさせたりしないで」

竜はゆるゆる、と思っていたけれど、タキアは違うのだろうか。まあその方が助かる。不特定多数と交尾しろと言われるのは、やっぱり人間のモラルではしんどいし厳しい。

「分かった。ヨルが吼えたらすぐ書庫かどこかに隠れるよ。それでいい？」

項に頬を押し当てたまま、タキアはうんうんと頷いている。ルサカにも、タキアが大事にしてくれているのは分かっている。ちょっと人の感覚とはずれているが、彼なりに大事にしようとしてくれている。

あとは、自分の決意だけだ。もうどの道、人間として生きてはいけないし、ライアネルとも一緒に歳を重ねる事もできない。

「タキア。ちょっと顔見せてよ」

身体をよじって、ルサカはタキアの顔を覗《のぞ》き込む。

「タキアの言う通り、他の竜としない。……だから、タキアも約束してよ」

そうだ。自分以外に、家族と引き離される人を作らない。人の世に戻れなくなった事を許せるわけではない。だからこそ、他にこんな目に遭《あ》う人を作るわけにはいかないと思えた。

「貢物に人間がいても、ここに連れてきたらだめだ。……番人はぼくだけにする、と約束してくれる？」

＊＊＊

「……他の人間を番人にしなければ、僕の事を好きになってくれる？」

タキアは両手でルサカの頬を包んで、額と額をつけて囁く。

「勿論、努力する。……大事にしていてくれれば、多分好きになれる」

一生を竜の巣で過ごすなら、愛せた方がいい。タキアは優しい。人の感覚や常識からちょっとずれてはいるけれど、大事にしようとしてくれている。きっと愛せるはずだと、ルサカは思う。

「じゃあ、約束する」

ルサカの唇にタキアは唇を寄せる。

「他の人間を連れてこない。ルサカだけにする」

ルサカは寄せられた唇に、甘く吸いつく。小さな音を立てて、甘く吸い、噛む。ルサカが自分からタキアにキスをしたのは、これが初めてだった。驚いたのか、ルサカの頬に触れていたタキアの指先が、小さく震えた。

「……ルサカ、もっと」

素直にねだられて、ルサカは少し笑う。タキアのこういう子供のような無邪気さと素直さは、可愛いと思えた。もしも自分が女性だったら、すぐにタキアに夢中になれたんじゃないのかな、とルサカは思う。

ねだるタキアの唇にもう一度触れて、舌先を差し入れると、すぐにタキアの舌先が触れ、引き込まれる。音を立てて口付けを繰り返しながら、タキアの手がシャツの中に滑り込む。そのタキアのしなやかな指の感触に、ルサカはふるっと身震いをする。

「あー。本当だ。こんな可愛らしい子、番人にしたんだ。タキアって結構マニアックな趣味だったんだね」

いきなり頭上から、まるで鈴の音のような美声が響いた。

慌てて唇を引き離し、タキアは顔を上げる。

「……姉さん!?」

つられてルサカも顔を上げる。美声の主は、やはりタキアと同じように、燃えるような赤い巻き毛にすみれ色の瞳をした、タキアによく似た美女だった。文句なしの華やかな美人で、ルサカは見上げたまま見とれてしまっていた。

「なんかすっごく綺麗で可愛い子を番人にしたってリーンから聞いたから、独り立ちのお祝い持ってきちゃった」

タキアも綺麗な顔をしているけれど、このタキアの姉も美しかった。タキアをそのまま女性にしたような、柔らかな丸みのある身体に、女性らしいふんわりと長い巻き毛、大きな胸を強調した姿。年頃のルサカには刺激が強過ぎた。その大きな胸に視線が釘付けだ。

「タキアの小さい番人さん、はじめまして。私はエルー。タキアのお姉ちゃんだよ」

「……ルサカ、どこ見てるの！　見過ぎだよ！」

タキアにがっつりと両手で目隠しされる。

「ねえ、本当にこの子だけにするの？　番人。……こんな華奢な子じゃ、繁殖期に困るんじゃないの？　そんなに交尾できないじゃない。タキア、我慢するの？」

「我慢くらい、するよ。……ルサカが一番大事なんだ」

「すっごい綺麗な子がいても？」

綺麗な子、にぐっとタキアが詰まる。目隠しされたまま、やっぱり多情で淫蕩な生き物なんだな、とルサカは改めて思う。

「……ルサカが多分、世界で一番、綺麗で可愛い！」

「ひとりだけなんて、竜と竜騎士みたいじゃない。今時そんなのはやらないのに」

ルサカはやっとの思いでタキアの目隠しを引き剥がす。

「ルサカ、うちにも遊びに来てね。先輩の番人がいるから。うちにも男の番人が二人いるよ。……何か相談とかあったら、するといい。優しいお兄ちゃんたちよ」

リーンの巣に行くよりは遥かに安全そうだ。この綺麗なお姉さんは本当に優しそうに見える。

「……本当に綺麗な子ね。リーンが欲しがるの、分かるわ。私もこんな子欲しい。……ねえタキア、繁殖期に貸してよ。この子の卵産みたいから。こんな綺麗な子なら、人間でも竜でもどっちでもいいから子供欲しい」

「だめに決まってるじゃないか！　ルサカは僕の番人なんだから、絶対に貸さない！」

「いいじゃない。卵二個産むまで頑張るから。そしたら一個はタキアにあげるし」

「それでもだめ！　絶対だめ!!」

ああ、やっぱり姉弟だ。そしてやっぱりゆるゆるな竜のモラルなんだ。ルサカの足元に、ふんふん言いながら寄ってきたヨルを見つめながら、この子はぼくを本当に守ってくれるかな、とルサカは考える。


「ヨル、いいかい？　僕以外の竜は絶対だめだ。近寄ったら火を吐いて追い払うんだよ」

そんな事をよくよく言い含めながら、タキアはヨルに干し肉を千切って与えている。

「兄さんも姉さんも本当に信用ならない。……頑張ってくれよ。ヨル次第なんだからね」

しつこくヨルに言い聞かせるタキアの後姿を眺めながら、ルサカは考えていた。あれだけリーンもエルーもゆるゆるなのに、何故タキアだけ、こんなにルサカに固執してるんだろうか？

『竜と暮らす幸せ読本』にも、他の竜とも交尾するのは割と常識のように書かれていた。エルーもリーンも当たり前のように言っていたし、それを考えると、タキアは初めて番人を持って、物珍しさでルサカに夢中になっているだけなのかもしれない。

気がすむまで言い聞かせて満足したのか、タキアがヨルを抱いてルサカのところに寄ってくる。ルサカは寝椅子に座って、例の『特選キッチンカタログ』を見ていたのだが、その隣に座り、ヨルを足元に放す。

「……ルサカ、さっきのもう一回したい」

「さっきの？　……ああ、続きね。いいよ」

なんの色気もなくルサカはカタログをテーブルに投げ出して、座り直す。

「そっちじゃなくて！　……いやそっちもしたいけど、あの……さっきルサカからキスしてくれたじゃないか……」

気恥ずかしいのか、タキアは目を合わせずに口ごもっている。

「……うん？」

「だって……初めてじゃないか、あんな風に自分からしてくれたの」

もう一度、ルサカからキスして欲しい、と言っているのか。

やっと分かった。

人間ではないし歳も上だけれど、タキアは本当に子供のようだった。子供のように素直で無垢で、思ったままに愛情を伝える。今はまだ愛しているとは言えないけれど、タキアを好きだとルサカは思えていた。

拗ねたように軽く尖らせている唇に、音を立てて口付けると、タキアは嬉しそうに微笑む。

「……ルサカ、もっとしてよ」

ルサカのシャツの中に手を入れて、素肌から腰に触れ、引き寄せる。もう一度ルサカが唇に触れると、タキアの舌先がすぐに滑り込んできた。

「は……、もっとだよ、ルサカ」

膝に抱いて、もどかしげにルサカのシャツのボタンを外し始める。

「……タキア。ひとつ聞きたい事があるんだけど」

軽く唇を離し、タキアの唇に触れながら問う。

「うん？」

タキアの吐息はもう熱くなっている。ボタンを外し終えると、すぐさま、ズボンにも手をかける。

「……タキアのお兄さんに触られてる時、わけが分からなかった。……さっき言ってたよね、ぼくは竜を拒めないって。……確かに、抵抗する気も起きなかった。でも、タキアとはこういう事してても、ちゃんと話せてるし、わけが分からないって事もない。……どういう事なの？」

タキアは脱がせる手を止めて、少し考え込んでいた。

「……言っちゃうと、兄さんと同じように、僕もルサカを好きにしようと思えばできる。……ただ、そうしてないだけ」

「…………？」

わけが分からず、ルサカはゆるく首を傾げる。

「言う事聞かせようと思えば、番人を人形みたいに好きにできるって事……」

タキアのこんな顔を見た事がなかった。

「……なんでそんな、捨てられた子犬みたいな顔してるの」

そんな顔をするのは卑怯《ひきょう》だ、とルサカは心の中で呟く。

タキアの顎に軽く噛みつくと、タキアが短い悲鳴をあげた。

「痛っ！　ルサカ、痛いよそれ！」

「……別にタキアはぼくを人形みたいに扱ってないじゃないか。そんな顔するな」

「でも……知ってて番人にしたのは僕だし。……今まで黙ってたのは、知られたら嫌われるかと思って……」

それで捨てられた子犬のような顔になっていたのか。ルサカは小さく笑ってしまった。

「怒ってない？」

「怒ってないよ。……人形みたいにしなかったじゃないか」

ほっとしたのか、タキアはふわっと微笑んだ。ああ、これはすごく可愛いな、と自然にルサカは思えて、再びタキアの唇に口付ける。幾度かタキアの唇を啄んで、それからふと思いつく。

「……ええと……交尾の時のは。あれは紅い花の影響……？」

タキアは一瞬、迷うような顔を見せた。それから、少しだけ、悪そうな顔でにやっと笑う。

「……しるしはね。『竜との交尾がすごく気持ちよくなる』のと『竜との交尾に耐えられる身体になる』だけだよ。言いなりにするような効果があるかっていうと、ないよ」

一瞬、意味が分からなかった。じわじわと話の内容が理解できてくると、ルサカの顔がみるみる赤くなっていく。

「繁殖期だけはどうしても竜に引き寄せられるかなあ。それは番人の本能だからしょうがない。でも、普段は別につられてないと思うよ。……意味分かる？」

再び、にやり、と意地の悪い笑顔を見せる。ルサカの腰を抱いて唇を寄せて、囁く。

「でも……僕が言いなりにしてるって思いたいなら、そういう事にしておくよ？」

＊＊＊

「ルサカが交尾させてくれない。ひどい」

またまた寝椅子に転がって、胸の上にヨルを載せてぼやく。

「あーあ……。言わなきゃよかった。ルサカが僕と交尾するのが大好きなだけで、別に言う事きかせてるわけじゃないって、言わなきゃよかったよ」

「……聞こえてるよ、タキア」

「聞こえるように言ってるんだもん」

ここ数日、財宝集めもせずにタキアはふてくされている。

「綺麗なもの集めしなくていいの？　……ここで拗ねてても、綺麗なものは手に入らないよ」

ルサカも気まずいのだ。今更、あれは別に言う事きかされてるわけではないとか、いたたまれない。

「交尾が大好きで何が悪いのか分からないよ。……ルサカ、機嫌直してよ」

ヨルのお腹を撫で倒しながら、タキアは口を尖らせている。

「あー……別に、怒ってないよ……。怒ってないけど……」

ルサカは気まずさのあまり、無駄に銀器磨きをして忙しいふりをしていた。

「じゃあ交尾しようよ！」

そこに絶対話が戻る。ルサカだって断固拒否というわけではない。ただ気まずいのでしにくいだけなのだ。今は色々複雑な心境なのだ。

「考えようによっては、僕が言う事きかせてるんだよ。きっと。……だってルサカは僕と交尾するのが大好きで、言う事きいちゃうだけなんだから。だから僕のせい。それでいいじゃないか」

確かに、リーンにいいようにされた時と、タキアと交尾する時は全く違った。リーンに触られている時は、何も考えられなかった。ただされるがままになるのが当然だと思えていた。

「……別に交尾が嫌なわけじゃなくて……」

人間の恥じらい、という概念を、ゆるゆるモラルな竜に説明するのは非常に難しい。ルサカだって年頃だ。そういう欲求は当然あるし、タキアとの交尾は正直大好きだ。

けれど開き直れない面倒くさい色々な葛藤《かっとう》があるのが人間。男同士なのに、とか、そもそも人ですらないし、とか、要するに快楽堕ちしているという事実にプライドが、とか。色々と複雑に思うところがある。

その複雑な人の心の機微《きび》を、ゆるゆるモラルで子供のように素直で無邪気なタキアに理解させようとするのは、多分ザルで水を汲《く》むような行為だ。色々いたたまれないルサカは、磨いた銀器を片付けるふりをして部屋を出ようとしたが、それより早く、タキアに捕まった。

「嫌じゃないなら、する。……目の前にルサカがいるのに触っちゃいけないとか、嫌だ」

掴まれた手を引かれて、ルサカの手から磨かれた銀のカトラリーがばら撒かれて、石の床に音を立てて散らばる。

「待って、銀器が……！」

「あとで拾えばいいよ」

そのままさっきまでゴロゴロしていた寝椅子にルサカを投げ出して、伸し掛かる。ルサカの身体をまたいで押さえつけ、手早く脱ぎ始める。ルサカは言葉が出てこない。羞恥のあまり目を固く閉じて固まっている。素直になれない複雑なこの気持ちを、タキアは絶対に理解してくれない。

ルサカは羞恥で萎縮していた。強張ったルサカの身体に気付いたのか、タキアの手が止まった。

「……ルサカ、やっぱり僕の事が嫌いになった？」

はだけさせたルサカの素肌の胸元に顔を埋める。

「絶対にルサカを思い通りに操ったりしない。……だから怖がらないでよ。……嫌いにならないでよ……」

ルサカのシャツを掴むタキアの指先は、小さく震えていた。ルサカは目を開けて、その震える指を掴む。

「タキア、顔上げて」

恐る恐る顔を上げるタキアの頬を両手で挟んで、ルサカは軽く啄むように口付ける。

「タキアはずるいな。……そうやって、ぼくに言う事きかせてるんだよ。……嫌いになれるわけないじゃないか……」

子供のように素直で、天真爛漫なタキア。何故そんなに愛してくれるんだろう、ルサカは不思議に思っていた。

ただこの顔と身体だけを愛しているのだとばかり、ずっと思っていた。邪《よこしま》なのは、タキアではない。タキアを信じないルサカの方だ。タキアは幾らでもルサカを好きに扱えたのに、それをしなかった。

この顔や身体だけを愛したいなら、人形のように操った方が何もかもうまくいく。竜にとって、これ以上の愛の示し方は他にない。自然に言葉が出た。ルサカはタキアを抱き寄せて、囁く。

「……タキア、好きだよ」

不思議だった。見慣れたはずのタキアの不思議なすみれ色の瞳が、胸を締めつけるくらい、綺麗に見えた。もしもタキアを愛せたら、ただ気持ちいいだけの行為じゃなくなるのかな、と考えていた事を思い出す。

もう一度、目の前のタキアの唇に指先で触れ、確かめて、口付ける。

キスですら、違う。

今まで何度も触れて貪り合った唇なのに、初めて触れたように、甘く切なく思えた。

「……なんか言ってよ、タキア」

呆然としたままのタキアにもう一度、口付ける。

「……だって……何を言っていいか、分からない」

心の底から、タキアを可愛いと思えた。なんだかおかしくなって、ルサカは小さく声を洩らして笑ってしまった。

「好きだよ、タキア。……大好きだよ。たくさん言ってあげる。……タキアが大好きだよ」


鎧戸を開け放った窓辺から差し込む月明かりが、タキアの柔らかな赤い髪を照らしていた。

ルサカはそのタキアの綺麗な顔を見上げながら、震える吐息を洩らす。

ルサカの中のタキアは、変わらずに狂おしく甘く、ルサカの下腹の紅い花の奥で存在を主張している。

以前ならその事だけで頭がいっぱいになっていた。ただただ、気持ちよく狂おしく甘く感じるだけだった。今は、こんなにも胸が痛い。ルサカに何度も口付けながら荒い息を洩らすタキアを見上げるだけで、こんなにも胸が締めつけられて、切なく思える。

「……タキア……」

甘く溶けた声で名前を呼ぶと、タキアは嬉しそうに、微笑む。

「ルサカ、大好きだよ」

タキアのその燃えるような赤い髪に指を梳《す》き入れ、撫でる。身体だけが熱くなっていたのが嘘のようだった。今は身体よりも心が溶けそうに思えた。今、身体と心が初めてひとつになって、タキアを迎えている。

一緒に生きていこう。

今、初めて、心の底から、そう思えた。


「もう三日張り込んでいるが、本当にこの街に竜が来るのか？」

中央広場に面した酒場の窓辺で、ライアネルはつまみのチーズを齧りながらジルドアに尋ねる。

「貢物を供えて数日は待たないと。この辺りを竜が通りかからないと気付かないでしょうからねえ」

「なんだかずっと酒飲んでいるだけなんだが」

「果報は寝て待てっていうでしょう、ライアネル様」

ライアネルは休暇を取ってなんとか竜に接触しようと、貢物を捧げる大きめの都市に滞在しているが、何故かひょっこりとジルドアもこの街に現れた。

「……ところで、何故お前がついてきたんだ？」

「どうせライアネル様がいないと仕事も進まないですしね。……あとこの街の名物のシュニッテンを食べてみたかったし。まあ正直、ライアネル様だけで問題ないのは分かってるんですけどね」

こんな軽口を叩いているが、実際、ルサカとライアネルを心配してついてきてくれているのは明白だった。

「話が通じるといいんだが。……怒らせて街を焼かれてもなあ」

「あ、お姉さん蜂蜜酒おかわり。二杯ね」

ジルドアは全く聞いていない。勝手に酒を追加している。

「人間を連れ去るくらいだから、人の言葉は分かるでしょうけど……しゃべれるんですかね？」

「……そういえば、竜がしゃべるとか、そんな話聞いた事がないな」

さっき注文した蜂蜜酒が目の前に置かれる。蜂蜜酒とチーズの組み合わせは最悪な気がするが、ジルドアはお気に入りのようだった。ライアネルはエールを注文し直す。

「あれから色々調べてみたんですが、もしルサカくんが竜に連れ去られたなら、取り返せないかもしれません……」

「なんだと」

思わず声を荒らげてしまって、慌ててライアネルは口元を押さえる。

「……すまない。……それは何故なんだ？」

「大昔、この地方にいた竜が出て行ったのは、攫ってきた人間を奪い返されたからだという話が残っているんですよね。それで怒り狂った竜はこの地方を吹雪で凍らせ、大暴れして出て行ったそうです。……ルサカくんを取り返したら、大変な事になるかもしれません」

まだ竜にルサカくんが連れて行かれたとは限りませんけどね、とジルドアは付け加える。そうだ。

ライアネルは冷えたエールをゆっくりと飲み下す。

「……そうだな。俺はルサカの保護者でもあるが、国を守る騎士でもあるし、第六騎士団の副団長でもある。それは忘れてはいけない事だな」

窓の外の広場に視線を移す。行きかう人々を眺めながら、ライアネルは深いため息をつく。

「諦めるのが難しい。……ルサカはやっぱり俺の家族で、息子みたいな弟みたいなものなんだよ。……せめてルサカの行方だけでも知りたい。竜が連れ去ったとしても、連れ戻せないとしても、せめてルサカの無事だけでも知りたいんだよ」

竜に会ってどうするつもりだったのか。

ただ、聞きたかった。

ルサカを連れ去ったのか。連れ去ったルサカが無事なのか。大切にしてもらえているのか。

それだけでも知りたかった。さよならさえ言えずにこのまま一生会えないなんて、諦められるはずがない。

「ライアネル様が一番つらいのはよくわかっています。……差し出がましい事を申し上げました」

「いや、いいんだよ、ジルドア。お前が俺やルサカを心配してくれているのは、よく分かっている」

エールのグラスを空にし、ライアネルは席を立つ。そのライアネルについて、ジルドアも店の外に出る。広場から見える遠くの空に、巨大な雷雲が広がっていた。稲妻をはらんだその巨大な雲は、神々しささえ感じる。激しい嵐の前兆だ。

「……嵐が来ますね。嵐では、今夜は竜も空を飛ばないでしょう」

「この時期に珍しいな。……そういえば、あんな雷雲を竜の巣、なんて皆呼んでいるな。嵐をはらんだ雲をそう呼ぶとは、しゃれている」

クロークを羽織り、ライアネルは宿屋へ向かって歩き出す。宿屋へ続く南通りの石畳に、ぽつぽつと雨粒が落ち始める。足早に宿屋へと向かいながら、ライアネルは空を振り仰ぐ。

「……タキア、嵐が来そうな空だよ」

ルサカは古城の巣の天辺で、風に吹かれながら空を見上げる。疲れ過ぎて人の姿になれない時のタキアは、竜の姿のまま、ここで眠っている。だからルサカはここを『本物の竜の巣』と呼んでいた。

タキアも空を見上げ、頷く。

「ああ、『竜の巣』だ。今夜は荒れそうだね。飛ぶのはやめておこうかな」

二人並んで、東の空に広がる巨大な雷雲を眺める。

「竜もあんな雷雲を『竜の巣』って呼ぶんだ？」

稲妻と嵐をはらんだ雲をそんな名前で呼ぶのは、人間だけだと思っていた。ルサカはライアネルにこの呼び方を教えてもらった事を思い出す。

「うん。……あんなのを作る事もできるよ。ちょっと時間かかるけどね」

そう言えば、竜は天候を操るとも聞いた事があった。竜の種類にもよるけれど、長雨をとめたり、雨を降らせたり、嵐を呼んだり。それを考えると、こんな雷雲が作れてもおかしくはない。

子供の頃、ライアネルはルサカが寝つくまで、よく枕元で本を読んでくれていた。おとぎ話や昔話、英雄譚《えいゆうたん》、そして、世界のどこかにいるであろう、竜の話。ライアネルが読み聞かせてくれた話の中に、竜がこんな雷雲を作る話もあった。

まさか、自分が竜の巣に囚《とら》われるなんて、思いもしなかった。

今、ライアネルはこの同じ空を、どこで見ているだろうか。同じ空を見上げていると思うだけで、胸が痛くなる。

ライアネル様は、きっとぼくを探し続けているだろう。

考えると泣きたくなってしまう。ライアネルに、どれだけ心配をかけているか、それを考えると気が狂いそうに、切なくなる。せめてライアネルに、無事を伝えられたら。

東の空に巨大な暗雲が渦巻《うずま》き、広がっていく。その澱んだ雲の波間を、稲妻が鮮やかに駆け巡る。

いつかもう一度、ライアネル様に会いたい。

それが叶うといい。

＊＊＊

「エルーさんの巣に行ってみたい。リーンさんのでもいいけど。よその巣を見てみたい」

そうルサカが言うと、タキアは手に持っていた金の延べ棒を、ころっと取り落とした。

「え……。本気なの？」

なんともいえない顔をしている。

「姉さんとこはまだしも……兄さんとこになんか行ったら、ルサカなんか、輪姦されるよ」

どんな巣でどんな番人なのだ。

「なんでそんなに危険？　タキアが一緒なら大丈夫なんじゃ？」

「むしろ僕だってやばい。それくらいあそこの番人たちはアグレッシブなんだよ」

むしろ今の言葉を聞いてルサカは怖いもの見たさ的な好奇心が芽生えた。

「僕だって何度半裸で逃げ出した事か……。兄さんとこの番人はやばい。主人に似てめちゃめちゃ積極的なんだよ……」

ルサカから見たら、タキアだってかなりの交尾好きで淫蕩な竜だ。標準的な竜を知っているわけではないが、竜が概《おおむ》ね繁殖行為が大好きで人間の言うところのモラルというものを持ちあわせていないのは、『竜と暮らす幸せ読本』とタキアの兄姉を見ていればよく分かる。

その大らかな竜も怯むレベルとかどんな番人なのか。

「兄さんとこの番人は、女の子だけで十五人くらいいるよ。男も四人くらいいたと思った。どいつもこいつもめちゃめちゃ接待好きだから、ホントやばい。ルサカとかもう一晩中犯されるよ。多分小さい子が珍しいからって、群がられるよ」

千年生きて番人が二十人弱、というのは多いのか少ないのか。ルサカは足元でくるくるじゃれつくヨルを見つめながら考える。千年で二十人。五十年に一人ずつの計算か。それなら普通にペットを飼う感覚なのかもしれない。

落とした金の延べ棒を拾って、タキアは軽く指先で拭う。それはダーダネルス百貨店への支払いに使うために、先ほど宝物庫から引っ張り出してきたものだ。

「十九人に輪姦されたらルサカが死んじゃう。……いや兄さんもいるから二十人か。どの道死んじゃうから絶対連れて行かないし、そもそも触らせたくない」

この古城の竜の巣に来てから、交尾だの輪姦だの、そんな言葉ばかり聞いている気がする。ルサカは竜の業《ごう》の深さをしみじみと感じていた。

「……じゃあ、エルーさんのところは？」

「姉さんか……。姉さんも信用できないけど、姉さんのところの番人はまともだからなあ」

金の延べ棒を掌でぴたぴた叩きながら、タキアは考え込んでいる。ふと、ルサカは気付いた。そういえば、配偶者というものをリーンもエルーも持っていないのではないか。

「竜って結婚しないの？　……人間は基本、一夫一妻制なんだけど、竜同士ってどうなの？」

タキアは少し考え込んでいる。

「んー……。人間みたいな結婚って概念はないな。基本、巣を持って番人と暮らしてるし。勿論、竜同士で交尾する事もあるけど、そもそも竜は数が少ないからなあ。それなりには交流もあるけどね」

そういえば、タキアは『人間とするのはルサカが初めて』だと言っていた。経験があるんだろうというのはルサカも察していたし、人間が初めてなら、タキアの初めては竜だろうとは思っていた。

「竜は数が少な過ぎて、気が合う相手を見つけられないいんだよね。そもそも選べるほどいない。それなのに更に繁殖力も弱いし。だから、たくさんいて繁殖力も強い人間を攫ってくるんじゃないかな」

そこまでしゃべってから、タキアははっとしたような顔をする。

「……今はルサカだけだよ。人間だけじゃなく、竜ともしないよ……！」

ルサカは別に何も言っていないが、タキアはなんだか必死だ。

「もうそういう事しない。……しないから！」

何故そんなに必死なのか。あまりに必死だと色々詮索したくなるじゃないか、とかルサカはひどい事を考えている。

「……いや別にぼくは何も言ってないじゃないか」

「なんだか目が冷たかった！」

言いがかりだ。ルサカは足元に寄ってきたヨルを抱き上げる。

「何か後ろめたい事でもあるの？」

「ないけど、ルサカに変に誤解されたくないんだ」

ぷいっと顔を背けて、眦《まなじり》を赤くしている。

「出会う前の事まで文句つけたりしないよ。……過去は過去だ」

ヨルの片方の前脚を持ってぺちん、とタキアの頬に肉球を押しつける。

「でも……正直気になるな。何かあっただろ。ねえ？」

にやにやしながらルサカが意地悪く尋ねる。どちらにしてもタキアは気まずいだろうと踏んでの意地悪だ。

「……内緒だよ。でも誰より一番、ルサカが好きでルサカとしたいと思ってるよ」

ルサカが抱いていたヨルを取り上げて足元に放すと、ちゅっと口付ける。キスしただけでルサカの頬が見る間に赤く染まる。

変われば変わるもので、これだけでルサカは羞恥を覚えるようになってしまった。もっとすごい事を散々しているのに、なんでこれだけでこんな恥ずかしくなるんだ、と思いながら、ルサカは耐えきれずに思わず目をそらす。

「……まだ恥ずかしい？」

首まで赤くして目をそらすルサカの頬に両手で触れて、タキアがもう一度、口付ける。

「……余計に恥ずかしい」

この羞恥心をタキアに理解させるのがなかなか大変だった。

好き、と意識する前は、タキアとの交尾なんて単なるコミュニケーションかスキンシップかスポーツかくらいの気持ちだったルサカだが、タキアを意識し始めたら途端に羞恥を覚えてしまった。今までのように、あっさりと『いいよ』とは言えない。

『これは人間には普通の心理。好きだと思うと急に恥ずかしくなるもの』という単純な仕組みを、噛んで含めるように延々と説明した結果、それなりに理解はしてもらえた。

説明が足りない間は、羞恥に耐えかねて顔を背ければ、ルサカが怒り出した！　と誤解してややこしい事になっていた。竜が番人をコントロールするのは、この感情や考え方の違いがややこしいのもあるのかもしれない。無駄に行き違いが多過ぎる。

「……そういえばヨルはなかなか大きくならないね。人間の犬だったら、もうちょっと育って大きくなってるんだけど。ヘルハウンドは何か違うの？」

床に降ろされたヨルは、相変わらず考えられない足の速さでほうきウサギを追って部屋から出て行ってしまった。ヨルの登場で安否が心配されていたほうきウサギは、意外な事に一匹も減らずに、ヨルと共存できていた。

「今、雰囲気変えようとしてない？」

逃げ腰のルサカを、素早くタキアが抱いて捕まえる。

「………珊瑚さん呼んだんでしょ。もうすぐ来るってさっき言ってたじゃないか」

タキアの吐息はもうほんのり熱い。

「ちょっとだけ」

言いながら素早くルサカのシャツの中に手を滑り込ませる。その素早い手を掴んで、ルサカは身体を引き離そうと必死だ。

「だめ！　絶対ちょっとじゃすまないから！　そういう事してる時に珊瑚さんが来ちゃったら気まずいだろ！」

「すぐすますから！」

「なんだよそのすぐって！　もっと悪い！」

「いっぱいして欲しいの？　それならそれで」

「違う！　ホントやめろってば……！」

わん、とヨルが一声吼えた。

「……すみませんお取り込みのところ」

本当にすまなそうに、申し訳なさそうに、開け放たれたドアの前、ヨルの後ろに珊瑚が立っていた。

「ああ。ほんっとうにヘルハウンドって頭いいんだ……」

子犬のままあまり大きくなっていないので、まだまだヨルは子供だとタキアは舐めていた。ヨルはほうきウサギを追いかけていたのではなく、珊瑚の気配を察して、エントランスまで迎えに行っていた。珊瑚も、タキアがヨルをお出迎えに寄越《よこ》したとばかり思って、気軽にヨルに案内されてしまっていたわけだ。

ちょうどあれなところを見られて、さすがのタキアも少々気まずそうな素振りを見せる。竜にもそういう羞恥心くらいはあるのか、とルサカもちょっと感心していた。

「ヨル、おりこうだね、いい子いい子。ご褒美《ほうび》あげようね」

ルサカは素直にヨルの成長を喜んで、撫で倒しつつご褒美に鹿の干し肉を千切って与える。

「ヘルハウンドは子犬と見せかけて、実際は成犬てっ事が多いですね。普段は子犬のふりをしていて、有事には本性の獰猛な大型犬になります。子犬のふりをしない子もいるんですけどね。この子ももう結構な大きさに育っていると思いますよ」

「実際の大きさってどれくらいなんですか？」

この愛くるしい子犬ぶりは、擬態《ぎたい》だということか。ルサカは好奇心を抑えきれずに思わず尋ねる。

「そうですね……。この子の両親はチャンピオン犬なので、余裕で子牛くらいになりますよ、最終的には。今ですとそうですね……羊くらいですかね」

納品書を書きながら、さらりと言う。

子牛サイズ。普段子犬に擬態してくれていて助かった、とルサカは心底思った。そんなでかい犬にじゃれつかれたら、ルサカなどなぎ倒されてしまう。手早く納品を終えて、珊瑚はタキアから金の延べ棒を受け取り、トランクにしまう。

「そうだ、珊瑚さん」

ルサカは思い出して、『竜と暮らす幸せ読本』に挟んでおいたメモを取り出す。

「こういう農機具とか野菜の種とか、扱ってる?」

メモを受け取り、珊瑚は神妙な顔で読む。

「ちょっと扱っていませんね……。こんなものをどうなさるんですか?」

「一日巣にいて暇だから、中庭で家庭菜園でもしようかと思って。標高高いから育てられるものが限られそうだけど」

そう、こんな人目を引くエルフの末裔かというような美貌を持つルサカの趣味は、家庭菜園や料理、家事全般、読書という完全なインドアだった。特に庭仕事や家庭菜園作りが大好き。

「そうか、珊瑚さんのところはなんでもあるから、もしかしたらと思ったんだけど……」

強奪生活をしている上に、買物はダーダネルス百貨店で全てすます、という贅沢三昧《ざんまい》な生活をしている竜やその番人が、畑作を好んでするかというと微妙だ。いいところガーデニングぐらいではないだろうか。

「さすがに扱っていないですねえ……。申し訳ありません。一応、上にかけあってはみますが」

速やかに納品と決済を終えて、珊瑚はトランクから、珊瑚の髪色と同じ、珊瑚色の小さなメモ用紙のようなものを取り出して、タキアに手渡す。

「そろそろ残り少ないでしょうし、新しい呼び出し紙を置いていきますね」

「ありがとう、すっかり忘れてたよ」

にこやかに珊瑚がまた煙のように消え、去っていくと、タキアはその受け取った珊瑚色の紙を数枚、ルサカに手渡す。

「……ルサカにも、僕に内緒で欲しいものとか、急に必要になったものとかあった時のために、これを渡しておくよ」

ただの珊瑚色の小さなメモ用紙に見える。これを珊瑚は呼び出し紙と言っていたが、一体どうやって使うのか。

「珊瑚さんは人間の言葉も分かるから。これに珊瑚さんの名前を書いて、いつ来て欲しいか、と欲しいものが決まっていれば書き込んで、こうして」

タキアが何も書かれていない紙を掌にのせ、軽くふっ、と息を吹きかけると、珊瑚色の紙はふわっと舞い上がり、花びらのように四散して消えた。

「……こうして送る。まあ手紙みたいなものだよ」

どうやって珊瑚を呼びつけてるんだろう、と常日頃思っていたルサカだが、納得した。こんな不思議な手紙のようなものがあったのか。

「そういえば、リーンさんが来る、とかもこういう紙でやりとりしてるの？」

タキアはうーん、と考える素振りを見せる。

「なんて言えばいいのかな……うーん。人間と違って、離れていても意思の疎通ができるんだ。どう言ったら分かりやすいかなぁ。……言葉じゃないもので連絡できる」

分からないが、特に何かしなくとも連絡がとれるという事だけは、理解できた。

「人間は言葉がないと通じないみたいだけど、竜は離れてる時は言葉なしで連絡をとれるんだよ。それをどう説明したら人間が理解できるか分からないけど、まあ、そういうものだと思って」

思えば竜という不思議な生き物なんだから、そういう人智を超えた能力を持っていても不思議はない。ありがたくその珊瑚色の紙を受け取り、『竜と暮らす幸せ読本』に挟んでから、ふとルサカは思いついた。

「タキア。……市場に行ってきたらだめかな。たまには、人間の街で買物とか……。家に帰せ、とは言わないよ。どこか遠い街でもいいから、買物したい」

タキアがルサカに里心が付く事を恐れているのはよく分かっている。それでも、このうつし世から隔絶された巣の中での生活がたまらなく苦痛な時があった。ルサカがいくら引きこもり気質でも、この巣の中だけでの生活に慣れるはずがない。せめて時々でもいいから、市場での買物を許して欲しかった。少しでも、外の世界の空気を味わいたい。

タキアはなんとも言えない表情で、黙り込んでいた。

「……絶対に帰ってくるよ。タキアをひとりにしたりしない。……心配なら、一緒に市場を巡ればいい」

タキアはまだ考え込んでいる。

「……ルサカ。これはルサカを引き止めたいからじゃなくて……一度番人になったら、人間の世界に行かせてはいけないって言われてるんだ」

嘘を言っているわけではなさそうなのは、ルサカにも分かった。ただタキアも困惑しているようで、説明に困っているように見えた。

「……僕も正確な理由は分からないけど……。よくない事になるって言われている」

本当に言葉通りに、一生をこの巣の中だけで過ごさなければならないのか。タキアの言葉に、ルサカは絶望せずにいられなかった。

＊＊＊

古城の客間は、林檎酒の甘くふんわりとした香りで満たされていた。

「何これすごい。しゅわしゅわする。おいしーい！」

エルーはグラスに注がれた琥珀色《こはくいろ》の林檎酒をぐいぐいと飲み干す。

「これめちゃめちゃおいしいよね。初めて飲んだ時は感動した」

タキアもグラスをぐっと飲み干す。さすが人の姿とはいえ、竜だ。ルサカが大量に仕込んでおいた林檎酒はがんがん減っていっている。

タキアが貢物の林檎を大量に持ち帰ってくるものだから、腐らせて無駄にしないために、ルサカはせっせと加工していた。この番人の強靭《きょうじん》な体力に物を言わせて、大量の林檎を絞り、林檎の酵母を作り、林檎酒を作りまくっていた。

これはライアネルの好物で、ルサカはそれで作り慣れていたのもある。この番人の恵まれた体力のおかげで、林檎絞りも捗るというもの。かつてないほどの量を仕込んだが、この二人、飲み尽くしそうな勢いでガブ飲みしている。

パン作りにも使っている林檎の酵母を林檎の果汁に添加して、ゆるく蓋をして瓶や甕《かめ》に詰め、待つ事二週間。ぶわぶわと出ていた泡が収まり、一次発酵終了。その後、糖分を更に追加して瓶に詰め直して密閉し、更に二次発酵。そうして出来たのが、このしゅわしゅわと発泡する林檎のお酒だ。大量に仕込んだので、先日、タキアの独り立ち祝いを持ってきてくれたエルーを招待して、お礼に振舞っている。

リーンもタキアに独立祝いにお祝いを持ってきてくれていたが、タキアが呼ぶのを断固拒否して、あとでタキアが届けに行く事になっていた。リーンはすっかりタキアに警戒されていて、今のところ出入禁止のようなものだ。最近は大人しく弟の言う事をきいてはいるが、油断はできないとタキアは言っている。

「すっごくおいしい。……ルサカ、作り方教えてよ。うちのカインとアベルに作ってもらうから」

「あ。お土産用に何本か用意してあるし、飲み終わったら、瓶の底に澱がたまっているから、林檎のジュースを追加して数日置けば、また林檎酒になりますよ。酵母も数回は生きてるはずだから。作り方はあとでメモしておきますね」

「ほんと？　わー嬉しい……。うちの巣の子たちとたくさん飲むわー」

ものすごい勢いでがぶ飲みしているが、エルーもタキアも顔色が全く変わっていない。人の姿になっても内臓は竜の強靭さのままという事か。糖度の高い甘い林檎で作ると、強い酒になる。この林檎もかなりの甘さだったので、強烈にアルコール度数が高いはずだが、そんなもの全く気にしないかのように、水の如く飲み干している。

「カインとアベルは姉さんの番人ね。兄弟なんだ」

「あんまり兄弟で番人に、ってないんだけど、どっちも綺麗だったし好きだったから、聞いたら二人ともついてくるっていうから」

「姉さんは人のふりして二人をたぶらかしたもんね」

「たぶらかすって人聞き悪い。これを人間風に言うと、『恋に落ちた』っていうのよ」

ルサカはこのエルーの恋の話に興味を持った。竜も人間と恋に落ちるのかと、興味津々だ。

「すっごく興味あります！　どんな風に恋に？」

思わずかぶりつく。

「んー。そんなすごい話じゃないわよ。……人の姿になって森で遊んでたら、人間の騎士が通りかかったの。それがその兄弟。色々あって二人に求婚されて、どっちか選んでくれって言われたから」

ぐーっと林檎酒を飲み干す。

「まあ正直に正体を話して、二人に覚悟があるなら、一緒に長い命を生きてくれと頼んだのよ。……それで二人は私の番人になりました」

ちゃんと段取りを踏んで番人になってもらっている。こんな正当というか、きちんと相互理解の上で手順を踏んで番人になる人もいるのかと、ルサカは感心していた。

「まあ、彼らが兄弟じゃなくて、一人だったら竜騎士になれる可能性もあったんだけどね。

二人いたし。二人とも求婚してきたし。どっちも好きだったし」

そういえば初めてエルーと会った時に、『一人だけなんて、竜と竜騎士みたいじゃない』と言われた事をルサカは思い出した。

竜と竜騎士。

実に少年の心をくすぐる、ロマンに満ちた魅惑的な響きだ。

「竜と竜騎士って、以前もその話を聞いたような」

「僕は竜騎士を持った竜を見た事がない。話に聞くくらいだなあ。姉さんは？」

「私も見た事ないわ。リーンは友達にいるって言ってたような。……今時、竜に勝てる人間なんていないでしょ。昔はそれなりにいたらしいけど」

竜に勝てる人間。そんな人間がいるのかとルサカは衝撃を受けている。

「ルサカ、竜騎士はね、竜が選んで、かつ、竜と戦って勝った人間だけがなれるんだよ。そして竜は、生涯ただ一人の竜騎士しか持てない」

タキアはもう勝手に瓶から林檎酒を注いでがぶがぶ飲んでいる。恐ろしい事に本当にエルーもタキアも全く酔っていない。顔色すら変わらない。ルサカが用意したお酒のアテにはほとんど手をつけず、林檎酒のみをぐいぐいやっている。

主食は例の『人間でいうところの霞』だけれど酒は別腹という事か。そういえばおとぎ話の竜も、甕いっぱいの酒を次々と飲み干していた事を、ルサカは思い出した。

「昔はねー、いたらしいのよ。竜に勝てる人間。信じられないかもしれないけど、魔法を使える騎士とか昔は存在したの。今はもう失われてしまって、魔法を使える人自体が少ないけど」

魔法を使える人間が今もいるという事も知らなかった。かつていた、という話は聞いた事があった。もうとっくの昔に失われた技術としては伝わっているのだ。

「魔法騎士相手なら勝算があるけど、魔眼の騎士や竜眼を手に入れた魔法騎士になると、勝つのが厳しくなるかなあ。まあ私も、うちのカインやアベルくらいとしか手合わせした事ないから、実際の強さは知らないけどね」

魔眼や竜眼。さっぱり分からない。分からないが、ますますおとぎ話や伝説の中の話のようで、激しくロマンを感じる。更にルサカは興味を持った。

「その、魔眼や竜眼って？　何か特別なものなんですか？」

知りたくして知りたくて仕方ない。思わず矢継ぎ早に質問してしまう。エルーは気分もよさそうにグラスを傾けながら、のんびりと口を開く。

「うーん。魔眼はね、本当に稀少なの。そんなの持ってる人、滅多《めった》にいないよ。もうきっと、滅んじゃったんじゃないかなあ。……全ての魔法が利かない眼なの。たまにそんな眼を持った人間がいるの。どんな魔もまやかしも通じないから、竜の天敵かな。だって魔法全部が通じないんだもん。竜の強さなんて、魔法頼りなのに。竜のブレスだって魔力依存の魔法だからね。それに比べて竜眼はもうちょっと劣るよ。魔眼を持たない竜騎士に、竜が眼を与えるの。魔眼みたいに魔法を無効にはできないけど、ちょっと便利になるよ。まやかしを見破ったりね」

分かったような分からないような話だ。とにかくすごい。という事だけは、ルサカにも理解できた。竜も勝てないのが魔眼の騎士と竜の眼を得た竜騎士という事か。

「竜と竜騎士は特別なの。彼らは二人でひとりなの。一心同体っていうか。……全てのものを共有するわ。喜びも、悲しみも、苦しみも、痛みも。勿論、番人も共有する。……番人を手放す竜もいるわね。全てを竜騎士に捧げる竜は少なくないわ」

想像以上に竜と竜騎士は重い関係だ。番人は竜の持ち物だけれど、竜と竜騎士は対等以上の存在だという事か。

「そうやって手放す番人は、だいたい親兄弟の竜のところに引き取られる。人の世界には帰せないから、誰かに引き取ってもらわないとならないのよね」

「人の世界に帰せないのは、不老と長寿のせい？」

ルサカは思わず食いつく。なぜ、番人を外に出してはいけないのか、タキアの説明では要領を得なかった。エルーはグラスを持ったまま、うーん、とうなる。

「それもあるけど……。人間に番人を与えたらろくな事にならないからかな。人間も番人も不幸になるだけだから」

寿命も身体能力も違うから共存できない、という意味ならば理解できる。ろくな事にならない、というのはどういった意味なのか。

「人間に番人を与えたら、番人に地獄の苦しみを与える事になるからね。だから竜は人を番人にしたら、最後まで責任持たなきゃならない」

地獄の苦しみ。一体何がどうなってそうなるのか。ルサカには思いつかない。考え込むルサカを見て、不安になっていると思ったのか、エルーはよしよし、とルサカの頭を撫でる。

「タキアが竜騎士を持ったら、お姉ちゃんがルサカを貰ってあげる。……安心していいよ。リーンのところになんかやらないから大丈夫」

「絶対それはないから！」

タキアがすかさずルサカを奪い返して抱きかかえる。

「万が一、人間に負けても選ばないからね！」

負けてもその人間を選ばなければ、竜騎士にはなれないのか。なかなかに条件が厳しいなあ、とルサカはのんびり考えていた。竜と竜騎士。なんともロマン溢れる響き。読書好きのルサカには、まるで幻想のおとぎ話か神話の世界の物語のように、たまらなく魅力的に思える話だ。

タキアが竜騎士を持つ可能性がないわけでもない、と考えると今後の身の振り方に若干の不安は覚えるが、この竜と竜騎士というロマン溢れる言葉に、ルサカはついつい興奮してしまう。

「……そういえば、ルサカは林檎酒飲まないの？　せっかく自分で作ったのに」

エルーはタキアに羽交《はが》い絞《じ》めにされているルサカの前に、なみなみと林檎酒が注がれたグラスを置く。

「飲んでみたいんだけれど、タキアがだめだって言う」

「ルサカはまだ未成年だから。……まあもう育たないけど、もうちょっと大人になったらね」

何を規準に大人とみなすのか。ルサカは考える。タキアの言う『大人』の規準が分からない。

身体はもうこのまま成長しないので、見た目は一生少年のままだけれど、ある意味この身体が大人になっているのは、タキアが一番よく知っているのではないか。そもそも番人になってこれだけ身体能力が強化されているなら、多少のアルコールなどなんでもないのではないか。

当然、ライアネルも飲ませてはくれなかった。というか当時は飲もう、という発想がなかった。林檎の果汁の味見はしたけれど、完成品の味見は家政婦のマギーかライアネルだった、とルサカは懐かしく振り返る。

林檎がたくさん採れる時期は、仕込みで忙しかった。その苦労して作った林檎酒を、ライアネルがとても喜んで飲んでくれていた。それがもう遥か遠い昔の出来事のような気がしている。まさか竜に飲ませるために作るようになるとは、夢にも思っていなかった。

「自分で作ったのに、味見できないなんてかわいそう。こんなにおいしいのに。……タキア、意地悪しないで少しくらい飲ませてあげたっていいじゃない。ねえ、ルサカ。……飲んでみたいよね」

エルーはルサカに甘い。下心を感じさせるリーンとはまた違う甘さだ。これは母性なのかもしれない。エルーのルサカが可愛い、は、性的な意味だけでなく、純粋な母性の愛情もあるようだった。まあ絶対性的な意味もある。それは竜の業か。

「姉さんはルサカを猫可愛がりし過ぎだよ。だめな事はだめって言わなきゃ」

どの口がそれを言うのか、一番猫可愛がりしているのは間違いなくタキアだ。

「いいじゃない。ちょっとだけ味見するくらい。……タキアは本当に意地悪ね。ルサカがかわいそう」

そう言われるとタキアも詰まる。しぶしぶと羽交い絞めにしていたルサカを離して、林檎酒で満たされたグラスをルサカに手渡す。

「…………いいの？」

タキアの顔を見上げて尋ねると、タキアがしぶしぶ、といった風情で頷く。

「少しだけだよ。……たくさんはだめ」

ルサカはグラスに唇を寄せる。しゅわしゅわと泡の音をさせる、琥珀色の林檎酒は、甘くいい香りをさせている。これはすごくおいしそう。自分で作っていたけれど、飲んだ事なんてなかった。こんなしゅわしゅわしている飲み物なんて、初めて飲む。ルサカはその琥珀色の林檎酒をぐっと飲み下した。

＊＊＊

まさか、たったグラス半分でべろんべろんになるとは。タキアがちょっと目を離してエルーと話している間に、ルサカはぐいぐいと林檎酒を飲んでいた。

タキアが気付いて取り上げた時には、なみなみと注がれていた林檎酒はグラスの半分くらいになっていて、ルサカはほろ酔いを越えてべろべろになっていた。とろん、と惚けているルサカにエルーが鋭く反応したので、タキアは容赦なく速やかにエルーにお帰りいただいて、それからルサカの看病をしている。

この巣に連れてきてから今日に至るまで、ルサカとタキアの寝室は別だ。一緒に毎日寝たい！　とタキアが何度も主張したが、ルサカに断固拒否されている。それは寝ている間にタキアに何をされるか分かったものではない、という事らしい。が、最大の理由は、ルサカの眠りが浅いので、誰かと一緒に寝ようものなら熟睡できないのだそうだ。

泥酔したルサカを部屋まで運んで、その幸せそうな寝顔を、先ほどからタキアは観察していた。ルサカの部屋は厨房の傍の小さな南向きの部屋で、彼らしく実用性重視の質素さだった。

『この城がタキアの巣なように、この部屋はぼくの巣だから、ぼくが居心地いいように狭くないといけないんだよ』とルサカは言っていた。

タキアの天蓋付きの豪華なベッドと違って、ルサカのベッドは至ってシンプルなもの。この古城の物置から引っ張り出してきた、真鍮《しんちゅう》のなんの飾り気もない、質素なベッドだった。

リネン類だけは、タキアが強奪してきた大量の絹や高価なコットンを、ダーダネルス百貨店が仲介している業者に縫製してもらっているのでものすごく豪華だが、他は非常に質素。

タキアが珊瑚を呼んで豪華な家具を揃えようとするのを断って、古城の物置を漁っては、気に入ったシンプルな家具を引っ張り出して、ルサカの言うところの、『ルサカの巣』に運び込んでいた。

ベッドに、座り心地のいい椅子に、シンプルなライティングデスク。小さなテーブルの上には、書庫から持ち出したのであろう、古い本の山。古過ぎるだろうし、今度、珊瑚に頼んで、最近の人間の本を見繕ってもらおう、とタキアは考える。

綺麗なものが大好きで贅沢な竜にとって、ルサカの部屋はシンプル過ぎた。こんな質素でいいのかな、とかタキアは思っているが、ルサカがここは自分の巣！　と主張するので、今のところ手出しはしていない。当のルサカは、すうすうと幸せそうな寝息を立てて、絹の寝具に鼻まで埋まって眠っている。

こんな蕩けそうな笑顔のルサカを見た事がなかったタキアは、しみじみと観察しながら、こんなちょっとえっちで可愛い寝顔を見られるなら、少しくらいの飲酒は大目にみても……

とか、だめな事を考えている。

最近、ルサカが恥ずかしがってなかなか交尾をさせてくれないものだから、タキアも色々と我慢をしていた。前は明るいところでも、多少しつこくすれば交尾できたのに、今では明るいところは断固拒否される。そもそもタキアの目なら真っ暗でもよく見えているのだが、そういう問題じゃない、とルサカにめちゃめちゃ叱られた。

明るい陽の下で、ルサカの綺麗な顔や身体が見たいのに、それの何が悪いのか。月明かりやランプの仄かな明かりもいいけれど、ルサカが綺麗なのは断然お日様の下なのに。新緑色の瞳も、この濃い茶色の髪も、瑞々《みずみず》しい白い肌も、快楽に震えるその淫らな姿も、このお日様の下で見るのが一番綺麗なのに、ひどい話だ、と激しく不満に思っていた。

相変わらず幸せそうに蕩けた顔で眠っているルサカの頬を、軽く突いてみる。ルサカはむにゃむにゃ何か言っているが、起きる気配はなさそうだった。

頬を軽くつついて、ゆるく開いた唇にも軽く触れる。すると、ルサカは相変わらずむにゃむにゃ言いながら、その悪戯するタキアの指を掴んで、口元に運ぶ。何かおいしいものの夢でも見ているのか、その掴んだタキアの指に、軽く吸いついて、甘噛みしている。

この辺りでタキアの理性のタガが外れた。眠っているところに何かしたら、あとでめちゃめちゃルサカに怒られそうだなあ、ともタキアは思ったが、ちょっと我慢できそうにない。久し振りに明るい陽の下でルサカの裸が見られる、という誘惑に勝てなかった。

片手でルサカが潜《もぐ》っていた寝具を剥いで、シャツの中に手を滑らせる。酒のせいか、ルサカの素肌は熱を帯び、ほんのりと桜色に染まっていた。ルサカが目を覚ましそうな気配はない。

タキアは吸いつかれていた手をひいて、もどかしげにルサカの服を剥ぎ取りながら、晒された素肌に唇を寄せて、甘く吸いつき、柔らかく食む。さすがに気付いたのか、ルサカが小さな声で何か言いながら、身体をよじって逃れようとしているが、ほぼ眠った状態と変わりがない。

そのなめらかな肌を唇で楽しみながら辿り、下腹の紅い花を甘く噛む。そのまま、無抵抗のルサカの足を開かせて、白い足の付け根に唇を寄せる。ちゅ、と音を立てて吸いついた途端に、膝頭が跳ねたが、まだ目が覚めないのか、ルサカは無意識に足を閉じようとする仕草は見せているが、反応は薄かった。

そのままルサカの足を大きく広げて、タキアを迎え入れる両足の奥の秘められた場所に、唇を寄せる。軽く口付け、くすぐるように舌先でなぞると、ルサカの背中がびくん、と震え仰け反った。

「なっ……何…!?」

さすがに目が覚めたようで、ルサカは跳ね起きようとしたようだったが、胸に付くほど両足を押し広げられていて、それは叶わなかった。まだ寝ぼけているのか、ルサカは状況が理解できていないようだった。ただ、大変にふしだらで赤裸々な体勢を取らされている事は理解したようだった。

「な、タキア……！　何してるの……っ！」

これは怒られるだろうなあ、とタキアも思っているが、ここでやめる気など毛頭ない。

「交尾」

あっさりと返して、再び唇を寄せる。

「あ、あっ……！」

ひくん、とルサカの爪先が跳ねた。タキアの柔らかな舌先は、その閉じられた場所を丹念に舐め、つつき、濡れた音を響かせる。

「やめ、タキア…っ…！」

もうルサカの声は震えて甘さを増しているし、タキアの舌先にこじ開けられたそこは、赤く充血し綻び始めている。

「タキ、ア……、嫌だ、こんなの……恥ずかしい、嫌だ…っ…」

細く甘く乱れた声で、ルサカが微《かす》かに抵抗を見せる。この拒否の言葉が、こんなにも蠱惑《こわく》的で扇情《せんじょう》的だとはタキアは知らなかった。今、こんな風にルサカに言われて、こんなに甘く、淫らで劣情を誘う言葉だったのか、と思い知らされた。ルサカはタキアの興奮を誘ってしまっているとは露《つゆ》ほども思っていないだろうが、大変に煽ってしまっていた。

「……ルサカ、声が甘くなってる」

綻んだそこに、ゆっくりと指を差し入れる。蕩け始めたそこは、あっさりとタキアのしなやかで綺麗な指を、根元まで飲み込んだ。

「あ、あっ……！　やめ、タキア…っ…！」

ルサカの指先がシーツを掻き、掴む。拠り所がないのか、その掴んだ指先は震えていた。

「ほら、ルサカ……もうこんなだよ」

言いながら、指を増やし、濡れた音を立ててゆっくりと出し入れする。

「くぅ…っ…！　う、あ、あっ……！」

タキアは慣れた仕草で、ルサカの感じる場所を探す。熱くなったルサカの中、蕩けて熱を帯びた肉の襞《ひだ》を柔らかくなぞっていくと、ルサカの爪先がひくひくと震える。

「ルサカ、どこ？　……どこが、気持ちいいの？」

わざと、ルサカの一番感じるところを避けて、撫でる。焦れたルサカは、たまらないのか、腰を揺らして誘ってしまっていた。

「お、く、もっと…もっと、奥、に…っ…」

耐えきれずに、淫らに腰を揺らしてねだる。タキアはなめらかな腿の裏側に甘く噛みつきながら、奥の、ルサカの一番感じるところを強く幾度か擦り上げる。

「あ、ああっ…、は、あっ…！」

ルサカはひときわ高く甘い声をあげて、それだけで達してしまった。白く濁った体液が、下腹の紅い花を濡らす。明るい陽の下で素直に身体を投げ出して、荒い息を継ぐルサカは、それは淫らで、可憐で、綺麗で、タキアは思わずため息を洩らす。タキアはその濡れた下腹の紅い花に唇を寄せ、舐めとりながら、荒い息をつくルサカの胸元を辿る。

「ルサカ、可愛いね。気持ちよかった？　……指だけでいっちゃったね」

仰け反ったままの白い咽喉を辿り、唇に触れる。荒く甘い息を吐くルサカの唇に吸いつくと、ルサカは甘えたように、舌先を差し出した。

「タキア……、好き……」

眦に涙を溜めて、甘い声でルサカが呟く。こんな素直なルサカ、滅多に見られない。大抵強がったり、恥ずかしそうだったりしているのに、今日は素直で甘えているように見えた。ルサカにほんの少し飲ませるくらいなら、悪くないかもしれない、とか、タキアは悪い事を考える。

「……僕も。大好きだよ、ルサカ」

ルサカの片足を抱え上げて、もうはち切れんばかりにルサカを求めて硬く熱くなっていたそれを、蕩けたルサカの蕾に押し当て、ゆっくりと挿入する。林檎酒のせいか、いつもより更に、ルサカの中は熱く、きゅうきゅうと締めつける。その甘美な感触に、タキアは思わず熱い吐息を洩らす。

「やばっ……ルサカ、そんな締めつけないで。……こんなの、我慢できな…っ…」

幾度かゆっくり擦り上げただけで、タキアの背筋が震え、声を詰まらせる。

「だ、って…こんな、だめっ…あ、ああっ…！」

タキアの激しい興奮が伝わるくらい、ルサカの中のタキアは甘く狂おしく、存在を主張する。ルサカは喘ぐばかりで言葉が出てこないようだった。

「タキア、あ、あっ、ああ……あぁああっ！」

幾度か突き上げただけで、ルサカは再びあっさりと達した。その強烈な締めつけで、タキアもルサカの中に、張り詰めていた欲望を吐き出す。

「……は、…っ…くぅ……っ…」

ルサカの中の熱さときつさに、タキアも切なげな声を洩らす。荒い息のまま、ルサカの薄く開かれた唇に唇を寄せ、甘く食むと、ルサカはゆるく、微笑んだ。

「タキア……すごくえっちな顔してる。……綺麗だ」

常日頃、ルサカはえっちだなと思っていたタキアだが、これは反則だ。今のルサカの方が、遥かにいやらしくて可愛いし綺麗だ、とタキアは心の底から思った。そんな淫靡な顔と声に、素直にルサカの柔らかな襞に包まれたタキアが反応する。

「あ、んんっ……」

中でまた硬く脈打ち始めたタキアの昂ぶりに、ルサカが甘く吐息を洩らす。これはルサカが誘ったんだ、と言い訳しながら、タキアはルサカの腰の両脇に手をついて、再び硬く張り詰めたそれを、ルサカの熱く甘く蕩けた襞に擦りつけるように、ゆっくりとルサカを揺すり上げ始める。

タキアが動くたびに、真鍮のベッドは軋《きし》んだ音を立てて揺れた。

「あ、あっ…タキア、やっ…は、あ、あっ…！」

繋がったそこから、粘った水音が響く。深く突き上げるたびに、ルサカの唇から、甘く高い悲鳴が零れ落ちて、タキアを惑わす。

「ルサカ、好きだよ。……大好きだよ」

そう囁くと、ルサカは薄く目を開けて、蕩けそうに微笑んだ。

「……うー……頭痛いし、なんだか胃も痛い……」

ルサカの質素な真鍮のベッドは正直狭い。二人で寝るには密着しなければならない。タキアはルサカを背中からぎゅっと抱いて、項やら首筋やらに、キスの雨を降らせているが、当のルサカはされるがままにぐったりしていた。

「初めて飲んだから、悪酔いしたのかもね。……あんなに一度に飲むからだよ」

くたっとしたルサカの頭を撫でたり、優しくキスしたりと、タキアはかいがいしい。

「お酒とかもういいよ……。ぼくは林檎ジュースで十分だよ……」

ルサカは目を閉じてぼそぼそ呟く。

「ええっ。少しくらいいいじゃないか。……たまには飲もうよ。ルサカと一緒に楽しみたい」

一体何を楽しみたいのか、タキアの発言は非常に意味深だ。

「すごく綺麗だったし、口当たりも良かったからついつい飲んだけど……もうだめだ、頭ががんがんする……」

それはもしかしたら、酔っ払ってくたっとなっているところをめちゃめちゃ揺さぶられたせいかもしれない、とタキアは思い当たったが、怒られそうなので黙っておく事にする。

ちゃんと看病しよう、と今更ながらタキアは思う。

それは多分、罪悪感から、だけれど。

＊＊＊

心の底から、ルサカが恋しい。ルサカが恋しいのもあるが、ルサカの作った林檎酒も恋しい。どうにも苦手な蜂蜜酒を流し込みながら、ライアネルはため息をつく。

よその店の林檎酒も飲んではみたが、ルサカの作った林檎酒が一番うまかったなあ、とライアネルは振り返る。ライアネルの好物を熱心に研究し試行錯誤しては、それはそれは美味なものをいつも作ってくれていた。

自分の好物を口にするたびに、それはルサカを強く思い出させるきっかけになる。それくらいにルサカと過ごした日々は、深い思い出ばかりだった。

ライアネルは最初、ルサカを騎士にしようと考えていたが、ルサカは性格的にも体格的にも全く向いていないし、やる気もなかった。かわりに、料理や掃除などの家事や勉強は得意。工作、繕い物などの細かい作業も大好き。唯一、外に好んで出るのは家庭菜園や庭の手入れ。もしルサカが女の子だったら、この家事能力にこの頭のよさ、それにこの美貌に、明るく元気な気性だ。年頃になったらライアネルの屋敷の前に求婚者の列が出来ただろうな、と思っていたものだ。

女性に生まれなかったのは、ルサカを奪い合い、決闘などで無駄に命を失う若者を出さないためかと思うほどだったが、男性でも、この世ならざる美しさは、不幸しか齎《もたら》さないのかもしれない、とライアネルは思う。もしもルサカが質素な性格と同じように地味な容姿で生まれたなら、竜や人攫いに狙われる事もなかったのではないか。平凡で幸せな人生を歩めたのではないかと考えてしまう。

「ライアネル様、明日で休暇終わっちゃいますよ」

ジルドアは蜂蜜酒がお気に入りなようで、ぐいぐい飲んでいる。竜への献上品を奉《まつ》るというこの街に滞在して、竜に接触するチャンスを狙っているものの、肝心の竜がなかなか現れないうちに、ライアネルの休暇が終わってしまいそうだ。

「作った祭壇の場所が悪かったんですかねえ、街の中央広場という、いかにも見世物的なのが竜のお気に召さなかったか。……まあ今更こうして街外れの空き地に移してますけど。来るんですかねえ」

最初のうちは、街の中央の広場に設置されていたが、竜が現れる気配が全くないので、街の住人たちは話し合った末に、街外れのひっそりとした草地に設置し直していた。そして広場の傍の酒場で張り込んでいたライアネルとジルドアも、この草地の傍の寂れた酒場に張り込み場所を替えた。

「竜の好きそうなキラキラした財宝に酒もたっぷりなのに。竜は何してるんですかねえ。全く反対方向の街にでもいるのかなあ」

竜の貢物を供えてある場所で張り込めば、すぐにも竜に接触できる、とライアネルは楽観していたが、全くそんな事はなかった。待てど暮らせど現れない。

「休暇が終わるのが先か、竜が現れるのが先か」

次に休暇を取れるのは何ヶ月先だろう、とライアネルは小さくため息をつく。いっそ、私財を投げ打って自宅の庭先に供物の祭壇を作ってやろうか、などと思い始めている。

「これで現れるといいんですけどね」

「とりあえずもう今日は酒はやめておく。せっかくの草地だし、転がって日光浴でもしてくる」

「じゃあ私はこれを飲み終わったらお付き合いしますよ」

蜂蜜酒を楽しむジルドアを置いて、ライアネルはカウンターで清算をすませ、店をあとにした。冬の空は冷たく綺麗に澄んでいた。この時期は、寒さが厳しいが嫌いではなかった。草地の隅の倒木に腰掛けて、高く澄み渡った空を見上げる。そういえば、ルサカが家に来たのも、こんな時期だった事を思い出す。

あの冬の朝からずっと一緒に暮らしてきた。すっかりルサカがいる生活が当たり前になっていた。家に帰っても、あの明るく元気な出迎えがない寂しさや悲しみは、言葉にし尽くせない。俯いて、じっと掌を見つめる。元気でいるのか、つらい目に遭っていないか、それだけでも知りたかった。

その時、晴れ渡って草地を照らしていた空が不意に翳《かげ》った。何事かとライアネルが空を振り仰ぐと、巨大な何かが大きな羽を広げ、草地に降り立つところだった。

ライアネルは生まれて初めて、ファイアドラゴンを見る事になる。羽を広げたこの姿は何フィートになるのか。あまりの大きさに、息を呑《の》む。うっすらと青白い焔を纏った、文字通り燃える紅い鱗に覆われたその身体は、美しく、神々しささえ感じられる。

その巨大な身体が、音もなく静かに草地に舞い降りた。ファイアドラゴンは、ライアネルに気付いたのか、聞いた事もないような不思議な鳴き声を一声あげる。

威嚇ではない、警告か。ライアネルは思いきって、数歩近づく。

「ファイアドラゴンよ、決して危害を加えるつもりはないし、敵意もない。……ご覧の通り、丸腰だ」

ライアネルはクロークをくつろげ、武器を持っていない事を示す。ファイアドラゴンの鮮やかなすみれ色の目は、ライアネルをじっと見つめている。話を聞く素振りに見えた。

「どうか教えて欲しい。少年を連れ去っていないか。……新緑色の目をした、濃い焦げ茶色の髪の男の子だ。……名前をルサカ、という」

ファイアドラゴンは明らかに、その名前に反応を示した。そう、ライアネルには思えた。

すみれ色の瞳が、ライアネルを凝視している。

「ルサカをもし連れ去ったなら、返して欲しい。……大事な家族なんだ。とても心配している。もしも返せないというなら……一目だけでも。せめて元気で暮らしているのか、悲しんでいないか、つらい目に遭っていないか。それだけでも知りたい。……せめて、最後に別れの挨拶だけでも。……さよならさえ言えずに、もう二度と会えないのは、諦めきれずに一生悔やみ続ける事になる。……頼む。一目だけでもいい、ルサカに会わせてくれないか」

ファイアドラゴンは、静かに最後まで、ライアネルの話を聞いていたように見えた。

先ほどと同じように、不思議な鳴き声をあげると、祭壇の供物を鋭い爪の前脚で掴み上げ、一声、羽を広げた。

「ライアネル様！」

ジルドアが店から飛び出してくるのが、視界の端に見えた。恐らく、この竜は人の言葉を理解している。そして、ルサカを知っている。言葉を発しなくとも、ルサカの名前に明らかに反応を示した。これはライアネルの勘違いではないはずだ。

ファイアドラゴンは、降り立った時と同じように、静かに舞い上がった。これほどの巨体で、音ひとつ立たない。ただ、羽ばたきで巻き起こる風はすさまじい勢いだった。草地の花や木の葉や砂埃が激しく巻き上がる。ライアネルはファイアドラゴンの激しい羽ばたきから顔を背けた。

「どうか、ルサカの安否だけでも！」

最後のライアネルの言葉がファイアドラゴンに届いたかどうか。空高く舞い上がるファイアドラゴンを振り仰ぎながら、ライアネルは祈る。

どうか、ルサカに届くように。


月の綺麗な夜だった。大きな満月が古城を照らしていて、ルサカは毛布を持って古城の天辺の、いわゆる『本物の竜の巣』まで、登って来ていた。

「……タキア、すごく月が綺麗だよ」

タキアは疲れて人になれないのか、竜の姿のままだった。巣に蹲って羽をたたんだタキアは、ちょうど、猫が伏しているような姿だった。ルサカは毛布を抱えて、タキアの鼻先まで近づく。

「すごく疲れてるのかな。……焔が消えてる」

薄く身体に纏っている青白い焔は、今は消えていた。ただ艶やかに煌《きら》めく紅い鱗に包まれた鼻先を、両手で抱いてルサカは軽く口付ける。

「今日はここで寝ていい？　……寒いかな。でも、タキアにくっついていれば大丈夫だよね」

毛布に包まって、猫のように伏したタキアの鼻先と鋭い爪に覆われた前脚の隙間に滑り込む。タキアはそのすみれ色の瞳を薄く開いて、ルサカの好きなようにさせている。

「タキア、もう眠いのかな。……お疲れ様、おやすみなさい」

ルサカはタキアの鼻先に頬を擦り寄せて、目を閉じる。

眠れるはずがない。タキアは昼間の事を思い返す。あの騎士は、確かに『ルサカを返してくれ』と言っていた。ルサカには似ていない。兄や父親ではなさそうだった。

けれど、『大事な家族』だと言っていた。ルサカの口から、家族の話を聞いた事がなかった。ただ、家に帰りたい、とルサカは何度も口にしていた。

タキアは、自分はずるくて卑怯だな、と心の中で呟く。どんな顔をしてルサカに会えばいいのか、何を言っていいのか、分からなかった。人になれないふりをするなんて、我ながらなんて卑怯だ、とタキアは思う。そんな時に限って、ルサカがとても優しい。こんな風に竜の姿の時に添い寝なんてした事はなかった。ルサカが好きだ、と言ってくれてから、初めて人になれなかった日だからかもしれない。タキアの鼻先に寄り添って目を閉じるルサカを見ていると、罪悪感で胸がひどく痛んでいた。

家族が探していた、と言ったら、ルサカはまた家に帰りたいと言い出すんじゃないか。せっかく、一緒にいよう、と言ってくれたのに、また家に帰りたいと、夜中にこっそり泣いたりするんじゃないかと、タキアは不安で仕方がなかった。ルサカが家に帰りたいと言い出すのも、ルサカが夜中にひとりで隠れて泣くのも、たまらなくつらくて、悲しい事だった。

今、やっとこうして笑ってくれるようになったルサカを失いたくない。ルサカの家族が探

していた事を、このまま黙っていたい。知られたくない。ルサカがまた家を、家族を恋しがる姿を見たくなかった。悲しむルサカを見るのは、何よりもつらい。けれど、あの時の騎士の悲しみのこもった声と、表情が忘れられない。ルサカが大事だという気持ちは、痛いほどタキアにも伝わっていた。

「……タキア、眠れないの？」

ルサカは眠りが浅い。だから普段も一緒に寝る事はほとんどないのに、今こうして寄り添ってくれているのは、元気のないタキアを心配しているからだろう。

「何かあったのかな。……明日、ゆっくり聞くから。……今日はよく寝て、疲れをとらないとね」

紅く煌めく鱗に何度か口付けながら、ルサカは寄り添って再び目を閉じる。

月明かりに照らされた、ルサカの寝顔を見つめながら、タキアは迷い続ける。

＊＊＊

「いざとなったら、倒しちゃえばいいんじゃないですかね。ファイアドラゴンを」

ジルドアは冗談を言っているのか本気なのか、いつもわからない。割と真顔でそんな事を言いながら、溜まった書類をばりばりと片付けている。

第六騎士団の副団長室は南向きだが、今日はとても冷え込んでいて、薪ストーブを焚《た》いて暖《だん》をとっている。ライアネルは忙しそうなジルドアを横目に、その薪ストーブの上からカンカンに沸いたやかんをとって、茶を淹れていた。

「……勝てる気がしないんだが」

「大昔はいたらしいですよ。魔法が使える騎士が。そういう魔法騎士は、竜に挑んで勝って、竜騎士になって、竜と生涯を共にする最強の騎士になるとか」

「竜が従うくらい強くかつ、美形でないとならんのでは？」

ジルドアの分も茶を淹れてやり、書類に零したりしないよう、少し遠いサイドテーブルにカップを置いてやる。

「私はライアネル様は美形の部類だと思いますけどねー。ルサカくんのような、エルフみたいな繊細な美しさじゃない、男っぽい美形っていうか。……竜騎士もやっぱり顔なんですかね」

これだけしゃべり捲っていても手は止まっていないし、こうして手元を覗いて確認してみても、ミスがない。ジルドアは飄々《ひょうひょう》としてとぼけた青年だが、かなり有能だ。この性格のせいで上のウケは悪いが、ライアネルは十分、このジルドアの優秀さを買っている。

「顔じゃないか。何しろ竜は綺麗なものが大好きなんだから、不細工な騎士は選ばんだろ」

「あー。勝っても竜騎士になれない事もあるらしいから、そういうのあるかもしれないですねー」

手早くまとめた書類を積み上げて、背後の書棚から資料を探し出し、広げる。作業が滞《とどこお》らないのは素直にすごい、とライアネルは感心していた。

「生涯共にするのに、好みに会わない不細工だったら、美意識の高い竜には耐えられないでしょうしね。……大昔の歴史書にありましたよ。竜騎士と竜の話が。どこまで本当か分かりませんけど」

休暇中、怠惰に酒を飲んでいるだけかと思っていたら、ジルドアは古書店を廻って竜に関する書籍を集めては夜な夜な読みふけっていたようだ。ライアネルに仕えて二年だが、彼は本当にライアネルに尽くしてくれている。

この若さで書記官になるくらいだから有能なのは間違いないが、性格がちょっと難アリなせいで、間違いなく出世が遅れている。慣れると面白くていい奴なんだがな、とかライアネルは内心思う。

「全てを共有するそうです。悲しみ、怒り、安らぎ、喜び、痛み、苦しみ、快楽……。そして、財産も共有します。竜の築いた莫大《ばくだい》な資産をも共有できるし、竜の強靭な生命力と不老、そして長い命も」

ばりばり資料作りをしていた手を止めて、ジルドアは傍《かたわ》らに立って茶を飲んでいたライアネルを見上げる。

「……だから昔の魔法騎士たちは、こぞって竜に挑んでは、命を散らしていたそうです。ハイリスクハイリターンですね」

そんな危険な勝負をすすめたのかと、思わずライアネルは笑ってしまった。

「全く勝てる気がしない。……勝てば、ルサカを家に帰してもらえるのか」

「竜が作ったハーレムも共有ですよー。もう昔の騎士たちが血眼《ちまなこ》で挑んだ理由がよく分かりますね。いつの時代も人間は、色と欲に弱いもんです」

再び書類に視線を戻して、ジルドアはばりばりと仕事を続ける。

「魔法が廃《すた》れた理由はそれか。……次々竜に破れて……」

「ああー！　そうかもしれませんね。そりゃ腕に覚えのある優秀な、魔力も高い人たちが挑んだでしょうからねえ。そうして人間は弱体化していった、と……騎士団の魔法学の研究者たちに教えてやりたいですね」

だとしたらなんとも情けない話だ。色と欲に駆られて竜に挑み自滅。そうやって強い魔力を持つ血が淘汰されていった……。しかしながら、同じ武芸者として、強いものに挑みたい気持ちは分かる。色と欲ではなく、名誉と栄光と誇りを賭けて戦った、と思っておこう。

「……魔法なしでも勝てるんだろうか」

「お。ライアネル様、ルサカくんのために戦いますか。……どうかなあ。昔の魔法騎士は魔力で竜のブレスを防いだっていいますからねえ」

「…………おい、全く勝算がないじゃないか」

「ライアネル様くらい強ければいけるんじゃないですか。ブレスを食らう前にやればいいんですよ」

ものすごく無茶な事を言っている。

「まあ、現実的に、今はあのファイアドラゴンが、ルサカに伝えてくれるかどうか、の方が問題だ」

ジルドアは作っていた資料が完成したのか、まとめて束ね始めた。

「あの竜、本当にルサカくんを知っているんですかね。……ライアネル様の勘違いって事はないですか？」

「いや、あの目は確かに反応していた。竜は人の話を理解しているだろう、人を連れ去って巣で飼うくらいなんだから」

あの竜は確かに、ルサカの名前に反応していた。人攫いや盗賊の仕業《しわざ》じゃない。あの竜が連れ去ったんだ、とライアネルは確信していた。あとは、あの竜の良心を信じるしかない。どうか、ルサカに届くように。ライアネルは祈り続ける。

タキアはルサカに嘘をついたり隠し事をした事が、恐らく、ない。この大らかな性格なので、特に隠そうともしないし、嘘をつく必要も特にない。だからタキアが嘘をついたり隠し事をする事は今までなかったと思われる。

ここ数日、タキアの様子がおかしい。何かルサカに言いたくても言えない、そんな風情で、不自然にそわそわと落ち着かない感じだ。なんだか物思いにふけったり、ため息をついたり、ルサカにいつも以上にしつこくベタベタしたり。

こんなに様子がおかしいタキアなんて、初めて見る。ルサカも不審には思っているが、なんと聞けばいいのか、悩んでいた。普段大らかな人が悩んでいるなんて、多分、とても重大な事だろうし、踏み込んで聞いていいものなのか、迷う。タキアが自分から話したいと思うまで待った方がいいのか、それとも、聞き出した方がいいのか。

あまりにもずっと様子がおかしいようなら、無理にでも聞いた方がいいのか、とルサカも迷っているのだ。

それになんだかいつも以上にタキアはしつこくなっている。いつもの寝椅子にルサカを抱えて寝転んで、ひたすら髪を撫でたり、時々頬や唇や額に吸いついたりと、いつか交尾の準備と称して濃厚にスキンシップをしていた時のようになっている。

あの時と違うのは、タキアがなんだか落ち着かない感じなところだ。これでタキアの気がすむなら、いくらでもしてくれて構わない。だが逆に、ますます落ち着かなくなっているような気がする。

「……タキア、なんだか様子がおかしいけど大丈夫？」

思いきって尋ねる。

「どこかおかしい？」

「なんだか大人しい」

そう言われて、タキアは黙り込む。こんなタキアなんて、ルサカは初めて見る。本当に嘘がつけない性格なんだ、と思わずルサカは笑ってしまった。

「いいよ。……言いたくない事は無理に言わないでいいんだ。……聞いて欲しくなったら、話せばいいよ」

タキアを抱き返して、タキアがしたように、瞼や頬、唇に口付けを繰り返す。こんな時にこんな風に優しくされると、ますますタキアは罪悪感で胸が潰れそうになる。

だから、皆、番人を操るのか。やっとタキアは理解した。家を恋しがる番人の苦痛を取り除くために、連れ去った罪悪感を消すために、だから、番人を操るのだ。

タキアもそういうものだと思っていた。ルサカをこの古城の巣に迎えた時も、もし手に負えなければ操ろうと思っていたのだ。それは竜にとって常識でもあった。けれど、ルサカにそれは必要なかった。奇妙に歪んだ形ではあったけれど、不思議な事にルサカとそれなりにコミュニケーションがとれていた。

幾度か操ろうと思った事はあるし、一度だけ、リーンにルサカが操られて悪戯された時に、竜の魔法で眠らせた事はある。それ以外で操った事はなかった。

それが正しい事なのか、もうタキアには分からない。

ルサカが何を思い、何を考えて、今のこの状況を受け入れてくれたのか、分からなかった。全てを許してくれたわけではない。それでもルサカは、歩み寄ってくれていた。

ただ、タキアがルサカを好きなように、ルサカにもタキアを好きになって欲しいとずっと思っていた。幾らでも操れたのに、それでは意味がない気がしていた。エルーとカイン、アベルの兄弟騎士のように、本当の信頼関係が欲しかったのかもしれない。

エルーの言葉を思い出す。

(これを人間風に言うと、『恋に落ちた』っていうのよ)

やっとタキアは理解した。遅過ぎるけれど、今やっと、分かった。これが恋なのか。タキアは、ルサカに恋をしたのだと、やっと理解した。

番人は竜の持ち物で財産だ。でも、ルサカは違うとずっと思っていた。それが何故なのかなど、考えた事もなかった。だから今、こんなにも苦しいのか。やっと笑ってくれたルサカを失う事が、こんなにも怖いのか。

ルサカは黙り込んだままのタキアに、優しく何度もキスを繰り返してくる。時折タキアの燃えるように赤い髪を撫で、指を梳き入れる。目が合うと、ルサカは微笑みを見せる。胸の痛みに耐えられなかった。ルサカを失うかもしれない事も、ルサカに秘密を持ち続ける事も、どちらもタキアには耐えられないと思えた。

「どうしたんだよ、タキア。……なんでそんな、泣きそうな顔してるの」

ルサカはタキアの泣き出しそうな顔を覗き込んで、宥《なだ》めるように抱きしめる。

「つらかったら、泣いちゃえばいいんだよ。……タキアは本当に子供みたいだ」

「ルサカ」

思わず言葉が飛び出した。黙っている事ができなかった。これ以上、胸の痛みに耐えられなかった。

「ルサカ。……僕は君に、伝えなきゃならない事がある」

掴んだルサカの指先は、温かかった。この優しい手を失うかもしれない、そうタキアは思いながらも、もう、止める事ができなかった。

＊＊＊

ただ黙って最後まで、ルサカはタキアの話を静かに聞いていた。

タキアの話を全て聞き終わってから、ぽつん、と呟く。

「……………そうか……。ライアネル様が……」

ルサカは放心状態のように見えた。ぼんやりと何か、考えているのかいないのか。暫くルサカは黙り込んでいた。足元にヨルが寄ってきて、ルサカの足首にしがみついていたが、それにも気付いていないようだった。

「ライアネル様は、血の繋がりはないけど、家族なんだ。……身寄りのなかったぼくを、引き取ってくれた」

ぽつぽつと、ルサカは語り始める。はやり病で両親を失った事、ルトリッツ騎士団国の国策でライアネルに引き取られた事、引き取られてからの数年間を、幸せに穏やかに暮らしていた事、大切に育ててもらっていた事……。

「今までタキアに話さなかったのは、なんて言えばいいのかな……。口に出すと、余計に家に帰りたくなりそうだったからかなあ」

寝椅子の上で、ルサカは膝を抱えて座り直す。ヨルはルサカに構ってもらえず、長椅子の下で丸くなってふて寝していた。

「だから、そんな泣きそうな顔をするな」

片手でタキアのほっぺたを摘んで引っ張る。

「痛っ！　ルサカ、痛い！」

「そんな顔するなって言ってるのに。……うーん。そうだなあ……」

抱えた膝の上に顎を載せて、ルサカは目を閉じて考え込んでいる。

「一度家に帰って、ライアネル様に挨拶したいけど……。いきなりタキアを連れて行って、この人と暮らす事にした、とか言ったら、ライアネル様驚くよなあ……。なんて言えばいいんだろ」

ルサカが何を言っているのか、タキアは一瞬意味が分からなかった。

「うーん。竜と暮らす事になった、今まで育ててくれてありがとうございます……とかまるでお嫁に行くみたいだよね。まあ似たようなものか」

予想外のルサカの言葉に、タキアは何を言っていいか、分からない。

「……悩むなあ。何か言い難《にく》くない？　だって竜と暮らすからって言ったら、分かるよね……竜とそういう関係なんだって。……お父さんにそういうこと報告するみたいで、すごく言い難いよね。だってタキアは竜だけど同性だしさ」

ルサカは家に帰って、ライアネルに挨拶する気らしい。一度帰る事を前提に何やら語っている。

前々からルサカはちょっと変わっているかもしれない、とタキアも思っていた。まあタキアも竜としては子供っぽい、あまり竜らしくない竜かもしれないので人の事は言えない。

「竜は同性とか異性とか気にしないかもしれないけど、人間は結構気にするんだよね。それにぼくはまだ成人の儀式もすんでないのに。……タキア、聞いてる？　割と真面目に相談してるんだけど」

タキアだって、ルサカが家に帰るけれど当たり前のように戻ってくるつもりでいる事に驚きを隠せない。

もっと泣いたり、家に帰りたいと爆発するかと思っていたのだ。

「ライアネル様も心配してるし、とりあえず一回家に帰っていい？　それで、ライアネル様に軽く説明しておくから。三日くらい経ったら、タキア、人の姿でライアネル様のお屋敷までおいでよ。……もうさ、紹介するしかないから、ちゃんと紹介する。恥ずかしいけど、この人が好きだから一緒に行くって言うよ……」

耳まで赤くして、最後の方はぼそぼそと小声になっている。嬉しいを通り越して、タキアは呆然としていた。

「ライアネル様は優しいから、きっと分かってくれる。……だから、タキア。聞いてる？　ちゃんと」

恥ずかしいのか、ルサカは目をそらして口を尖らせている。

「……う、うん……」

慌ててタキアは頷く。あんなに悩んだのに、思いのほかルサカがあっさりしていて、拍子抜けしていた。

タキアにとってルサカは大切な失えない人になっていたけれど、ルサカにそこまで愛されている自信など、なかった。だから本当に、この反応に驚いて言葉が出ない。

ルサカにしてみれば、番人が不老の上長命と知ってからは、人の世で生きるのは無理そうだという諦めはあったし、ある程度の覚悟もしていた。あとの心配は、頑《かたく》なに人の世界に帰る事を拒むタキアの説得くらいだ。

「竜に攫われたって分かってるなら、ライアネル様も察してくれてるかな。……その…竜とそういう関係になってる事、とかね……。大事にしてくれているし、幸せだと伝えれば、悲しむかもしれないけど、安心して送り出してくれるよね」

抱いていた膝を離して、ルサカは両手を伸ばしてタキアを抱き寄せる。

「だから、そんな顔するな。……ちゃんと帰ってくるよ。約束する。タキアをひとりにしない」

「……本当に？　それでいいの？　……あんなに帰りたがってたじゃないか……」

タキアは不安を隠しきれない。ルサカがこんな事を言ってくれるなんて、思いもしなかった。にわかには信じられない。そのタキアの不安に気付いているのかいないのか、ルサカは少し照れくさそうに、もごもごと口ごもる。

「ライアネル様も大事だけど、今は……タキアだって大事だ。……ああもう、恥ずかしいなあ！　言わせるな！」

顔を真っ赤にして、拗ねたように目をそらす。ルサカらしい。思わずタキアは小さく笑ってしまった。タキアはふと、エルーの言葉を思い出す。

『人の世界には帰せない』

番人を人の世に帰してはいけないと、昔から厳しく言われて続けている。よくない事が起きる、とは言われているけれど、たった三日だけなら。家族に挨拶に戻るだけなら、それだけなら、問題ないだろう。ちゃんと送り迎えもする。

「……あの騎士、とても君の事を心配していた」

ルサカを膝の間に抱いて、柔らかなココア色の髪に頬を押し当てる。

「僕にとってルサカがとても大事なように、あの人も大事なんだね、ルサカの事が。……僕だって、ルサカが急にいなくなってしまったら、あの人のように探し続ける」

竜が番人を求めるのは、繁殖のためだけではない。孤独を埋めるのもある。この長い命をひとりぼっちで生きていくのは、あまりにも悲し過ぎた。けれどその孤独を埋めるために、家族を失う人がいるという事を、忘れてはいけない。

だから竜は番人を大切にする。

多くの人の犠牲の上で手に入れた番人を、道具のように使い捨てる事だけは、許されなかった。例《たと》え感情を操っても、絶対に使い捨てたりはしない。道具のようにも扱わない。それが竜の、孤独を埋めるために犠牲にした人々への、ただひとつの償《つぐな》いだ。

「ぼくも、タキアが消えてしまったら探すよ。……ひとりにしないって、約束したからね」

タキアはルサカの手を取って、その指先を握る。この優しい手を、最後まで大切にする。そう、約束しよう。


ルサカは初めて、竜の背中に乗った。絵本の竜騎士のように、あんな感じで乗せられたが、正直高いところがあまり得意でないルサカは、景色を楽しむ余裕などなかった。目が廻っていたが、なんとか落ちることなく無事に辿り着けて、それだけでもういっぱいいっぱいだった。

タキアはライアネルの屋敷のすぐ傍の森に、ふらふらのルサカを降ろす。

「タキア、三日後に。……ちゃんと人の姿でね。……あの、青い屋根の石造りのお屋敷。あれがライアネル様の家だよ。……あそこに三日後の午後においでよ。ぼくはタキアが来るまで、外で庭の手入れしながら待ってるから」

竜の姿のままのタキアの口元に口付けて、よく言い聞かせる。

「三日間で荷物もまとめておくから。……あと、この呼び出し紙」

薄紅色の小さな紙を掌に載せる。珊瑚の、珊瑚色の呼び出し紙と同じようなものだった。色が薄紅色になっただけ。これをタキアが、ルサカに念のために持たせていた。急にタキアを呼ばなければならない事態はそれほどないだろうが、持っていれば安心だ。

「何かあったら、これにタキアの名前を書いて送るよ。……ぼくもちゃんと竜言語を習っておけばよかったな。タキアの名前くらいしか、書けないや。それで分かるよね」

タキアの鼻先を抱いて、頬を擦り寄せる。

「そんな顔するな。……三日後の午後に、ちゃんと迎えに来てよ。……大丈夫、ライアネル様は怒って追い返したりしないって」

ぺちぺちと紅く輝く鱗で覆われた鼻先を叩く。

「じゃあ、三日後に。タキアも気をつけて帰るんだよ！」

笑顔で手を振って、駆けていくルサカを、その姿が見えなくなるまでタキアは見送った。

なんだか心配だけれど、たった三日の事だ。その間にライアネルへの説明をすませるとルサカも言っていた。三日もルサカと離れるのは寂しいけれど、と考えてから、タキアは気付く。

ルサカがいなかった頃は、ひとりでどう過ごしていただろう。そんな昔の事ではないのに、もうルサカがいない生活を、思い出せなかった。

ルサカがライアネルの屋敷の前の白樺《しらかば》の並木を駆け抜けたちょうどその時、今まさに家を出ようと門を開けたライアネルの姿が見えた。

「ライアネル様！」

大声で叫んで、ルサカは子供の頃のように、ライアネルに飛びついた。

「ルサカ……!?」

ライアネルは飛びついたルサカを抱きとめて、驚きのあまり声も出ないようだった。しがみついたまま見上げる。ライアネルのその深いみどりの瞳に、涙が滲んでいるのをルサカは生まれて初めて目にした。

「心配かけてごめんなさい、ライアネル様……」

ルサカも言葉に詰まる。何かしゃべろうとすると、涙がこみ上げてきて、言葉にならない。門の前で抱き合ったまま、二人とも言葉が出てこなかった。

「……ルサカ、よく無事で帰ってきてくれた。……よかった。元気そうで。無事なのかだけでも知りたかった」

　ルサカのココア色の髪を撫でながら、ライアネルは声を詰まらせる。その声を聞くだけで、ルサカも泣き出しそうだった。

「元気です。本当に、たくさん心配かけてごめんなさい。……ライアネル様に会いたいって毎日思ってました」

　何から話したらいいのか、分からない。ここに来る前に、色々な話をしようと考えていたのに、何一つうまく伝えられなかった。騒ぎに気付いて、家政婦のマギーも玄関から飛び出してきた。

「ルサカちゃん！　……ルサカちゃん、無事でよかった、おかえりなさい……！　……どれだけライアネル様が心配して探し回っていた事か……」

　マギーも、眦を拭っている。

「マギーさんも、ごめんなさい。たくさん心配かけました」

「帰ってきてくれただけで、私も嬉しいんですよ。……今日は張り切ってご馳走《ちそう》作りますよ。なんたって、ルサカちゃんが帰ってきてくれたんだから。さあさあ、早く家に入って。寒かったでしょう、あったかいココアを入れましょうね」

「……そうだ。ジルドアにも連絡しなければ。……あいつもお前のために、色々調べてくれたり、力になってくれていたんだよ。ルサカが帰ってきたんだ、今日はもう仕事はしない！」

子供の頃のように、軽々とライアネルに抱き上げられて、ルサカは思わず笑ってしまった。何ヶ月ぶりだろう、半年は経っていない。なのにもう何年も離れていたように感じる。あまりの恋しさと懐かしさに、ルサカは笑いながら、涙を拭う。

「ライアネル様に、たくさん話したい事があります。……どこから話したらいいのかなあ」

＊＊＊

久し振りの我が家の居間で、ライネルと差し向かいで夕食後のお茶を飲んでいるが、さっきからライアネルは無言だ。マギーは気を遣って家族水入らずで、と、洗い物を口実に厨房に引きこもってしまった。

ルサカは帰ってくる前に、説明する内容を考えに考えてきたが、いざとなるとなんとも説明し難かった。つっかえつっかえしどろもどろに説明するものの、どうにもタキアとの関係と竜のしるしの話を説明するのに抵抗があった。

ライアネルは兄でもあり父でもある、そんな存在なのだ。まさかこの歳で竜と交わって竜のしるしをつけられて、人でなくなったとか、どうしたって言い難い。こう、婉曲に遠回りに、ぼかしてそれらしい話をして、それからルサカは口を噤《つぐ》んだが、ライアネルは難しい顔をして腕を組んだまま、黙り込んでいた。

ライアネルはライアネルで、ある程度想定していた通りの事ではあったのでそれほどの衝撃はない。ただ、ルサカが『竜に純潔を奪われた』のを認めたくないというか考えたくないというか。

ライアネルにとってもルサカは我が子のような弟のような存在で、その大事な家族が、拉致されてそんな目に遭ったわけだ。ルサカの性格的にも、経緯的にも、間違いなく合意の上での行為ではない。それを考えるとライアネルは正気を失いそうな気がしている。相手は人ではないし、言うなれば神にも近い存在ではあるが、それでも色々思うところがある。

何より、ルサカはまだ未成年だ。それがこんなむごい目に遭っている。ライアネルのような生真面目な人間には耐えがたい事実だ。

ルサカもライアネルの生真面目な性格を考え、この事実を語るのが非常に躊躇われた。ルサカが唯一、ライアネルの情に訴える方法は、その竜が好きで一緒にいたい、それを強くアピールするくらいしかない。

黙り込んだライアネルの前で、恐る恐る、ルサカは口を開く。

「……ええと…そもそも出会ったのも、人攫いに攫われて売られそうな時で、助けてもらったわけだし……。だから攫われたわけじゃないんです」

嘘は言っていない。概ねその通りの結果になったのだから、これは嘘ではない。ルサカは自分に言い聞かせる。だがライアネルにしてみれば、それは詭弁《きべん》だ。助けたかもしれないが、巣に連れ去っているわけだ。本当に助けたというなら、家に帰すはずだ。

「人間じゃないけれど、人間とそんなに変わらないし、寂しがりやで、決して悪い人というか悪い竜じゃないんです。今まで育ててもらって、ぼくは恩知らずかもしれません。……でも、一緒に生きていきたいんです……」

ルサカももう正直、限界だ。緊張のあまり、胃に鋭い痛みがあるくらいだ。

「ライアネル様に会って、ぼくの事を聞いて、ぼくをこうして家に帰してくれました。決して人の気持ちが分からないような、そんな悪い竜じゃないんです……」

ライアネルもそれは分かっている。竜に懇願したのはほかでもないライアネルだ。それを聞き入れて、こうしてルサカに会わせてくれたわけだから、ルサカの言う通り、その竜の気持ちを無視してはいけない。

ライアネルもそれくらい分かっている。それでも保護者は色々と複雑なのだ。未成年、拉致、監禁、ともう犯罪の要素しかない。幾ら竜でも、いくら大切にされていても、我が子のように慈しみ育て、一緒に暮らしていたルサカがそんな目に遭った、という事実を受け入れがたいし、許しがたい。

ライアネルはやっと、重い口を開いた。

「……ルサカは決して、浅慮な子供じゃない。俺もそれは分かっている。きっと、離れている間に色々な事があって、よく考えた末の結論なのだろう、というのは、俺も分かってはいるんだ……」

ルサカも胃痛が限界かもしれないが、ライアネルだって色んなものが限界だった。

「まあ、ルサカも長旅で疲れているだろうし、今日は早めに寝た方がいいだろう。……ルサカの部屋は勿論そのままになってる。……ゆっくり休みなさい」

お互い、十分疲弊《ひへい》した。素直に二人は今夜は早々寝てしまう事にする。

ルサカは数ヶ月ぶりに自分の部屋の、自分のベッドに潜り込んで、ひとつ言い出せなかった事を思い返す。これが最後で、多分、もう二度と会えないという事を、どうしても言い出せなかった。

懐かしい自分のベッドの寝具は、いつものように薄荷《はっか》の匂いがしていた。マギーは、薄荷の茂みにシーツを干す事をルサカにも教えてくれた。こうすると薄荷の香りが自然に移る。ルサカもマギーにならって薄荷の茂みに干すようにしていた。

ルサカがいなくなったあとも、こうしていつルサカが帰ってきてもいいように、薄荷の茂みでこのシーツを干していてくれたのだと思うと、また泣きたいくらいに切なくなった。この匂いが、とても恋しく、懐かしく、ルサカを眠りに誘う。うとうとしながら、ルサカは、古城の巣に薄荷を少し持ち帰って植えてみよう、と考える。

タキアにもこの、大好きな懐かしい香りを知って欲しい。無事に育つといい、そう思いながら、静かに眠りに落ちる。

ルサカは植木鋏《うえきばさみ》を握りしめて、庭のバラの茂みにしゃがみ込んでいた。剪定《せんてい》するには時期がちょうどいい。一年で一番、しっかりと、いわゆる強剪定ができるのはこの時期だけだ。ここに帰ってこられるのはこれが最後かもしれないけれど、ここできちんと手入れしておきたい。そう思いながら、ルサカは容赦なく枝を切り落とす。

この三日で、やれる事はやった。ライアネルは終始渋い顔をしていたし、納得をしてくれたとは言いがたいけれど、認めてはくれた。あとは、今日迎えに来るタキアをどう紹介するか、だ。

バラは冬を越えて太い枝ぶりになっていて、切るのが面倒な事になっていた。ルサカは丁寧に、棘《とげ》を避けながら摘んで、切っていく。

タキアにソツのない挨拶なんて期待していないが、ライアネルに好印象を与えて欲しい。本当に結婚相手や恋人を紹介するようなものだな、とルサカは思う。

タキアもライアネルも、ルサカにとってはどちらも大切だ。だからタキアにライアネルを好いてもらいたいし、ライアネルにもタキアを認めて欲しい。

タキアはライアネルにとっては性犯罪者みたいなものだから、印象がいいはずはない。タキア本人は子供のように無邪気で穏やかで、嫌いになどなれないとは思うが、まずもう既に印象が悪い。

だからこそ、うまく紹介しなければならない、とルサカは真剣に考えている。いやもう紹介などせずに、ライアネルに挨拶だけして帰るべきか、などと逃げ腰に考え始めたその時、うっかり手を滑らせて、園芸用の手袋の上から、指先を鋏で切ってしまった。激痛と、肉を切る嫌な手応えがあった。

「痛っ……！　やば、深く切っちゃったな……」

手袋の指先は見る間に赤く染まった。慌ててルサカは手袋を外し、血まみれの指先を確認する。持っていたタオルで指先を染める血を拭い、驚愕する。

傷が、ない。

鋏で肉を切る、確かな手応えがあった。それに何より、この指先を染める鮮血はどこから出たというのだ。もう一度指先を拭って確かめる。

何度見ても、傷口がない。まさか、番人は竜の強靭な生命力も分け与えられているのか。竜のしるしがついてから、怪我をする事がなかった。もし調理中に包丁やナイフで傷つける事があったなら、もっと早く気付いたかもしれない。そんな事もなかった。だから気付かなかった。

番人は、怪我を負ってもすぐに治癒するのだろうか？　竜の生命力を分け与えられているから、竜のように治癒能力が高く、多少の傷ならすぐに塞がるようになっているのか。

そうでなければ辻褄《つじつま》が合わない。深く切ったはずだし、出血もひどかった。それなのに傷がない。

エルーが『番人を人の世界に帰してはいけない』と言っていたけれど、これなら納得だ。

長い命、不老、傷つかない身体。

こんな身体で人の世で生きられるはずがない。完全に人でないものなのに、人と暮らせるはずがない。

ルサカは思いきって、素手の掌で、いばらの枝を握りしめる。痛みは確かにあった。握った掌を開くと、確かに血が滲んでいるのに、傷口は見る間に塞がっていく。皮膚に残った棘がある部分だけ、塞がらない。ルサカが棘を引き抜くと、すぐに傷は塞がり始めた。

もう何があっても驚かないと思っていたルサカだが、さすがに言葉がない。

今更ながらに、本当に人ではないものになってしまったんだ、と強く実感する。不老や長命は、身近に感じられなかった。これほど、自分が人ではないのだと思い知らされた事はなかった。

呆然と立ち竦んでいたその時、のんきな大声が聞こえた。

「ルサカくーん！　おかえりー！」

誰かと思うまでもない、ジルドアが門扉《もんぴ》のところで笑顔で手を振っていた。

「ジルドアさん、ただいま！」

ルサカも笑顔で応《こた》え、門に駆け寄る。

この人を食ったような、飄々とした書記官はルサカをとても可愛がってくれていた。ルサカもこの、とぼけた兄のようなジルドアが大好きで、よく二人でおもちゃを作っては、川や草原で遊んだものだった。

「無事でよかった。……もう、竜のところに帰らないでいいのかい？」

門扉の鍵を開けて、ジルドアを招き入れる。

「うーん……その辺りの話は、ライアネル様と一緒にお昼でも食べながら話しましょう。……今、剪定してたんです。ちょっと片付けてから戻るので、ジルドアさんは先にライアネル様とお茶でも飲んでてください」

「はいはい。……そうそう、ルサカくんの好きな、銀の森の野うさぎ亭のキルシュトルテ、お土産に買ってきましたよ。お茶の時にでも食べましょう」

「キルシュトルテなんて、すごく久し振りだ……！　ジルドアさんありがとう、楽しみにしてる！」

ジルドアを見送って、ルサカはバラの茂みに戻る。

この時、門扉の鍵を閉め忘れた事を、ルサカは激しく後悔する事になる。ジルドアを見送ってそのまま、忘れずに門の鍵を閉めておけば。

こんな事にはならなかった。

「……ジルドア、ルサカはまだ庭か？」

ジルドアを客間に通してお茶を出してから、そこその時間が経っていた。

「私が来た時は、バラの剪定をしていましたけど。片付けてから戻るって言ってましたが、遅いですね」

「すまないが、ルサカを呼んできてくれないか。……マギーが張り切ってて、そりゃもうでかい七面鳥を焼いたんだよ。あんなでかいの、マギーじゃ運べないだろうから、俺はマギーの手伝いをしてくる」

「お安い御用ですよ」

ジルドアは客間のテラスから、庭へ出る。

「ルサカくーん！　もうお昼ですよ。マギーさんがでっかい七面鳥焼いたって……」

ジルドアが最後に見た時、ルサカはこのバラの茂みの前にいた。そのバラの茂みの前に、血の付いた園芸用の手袋と、血まみれの植木鋏が落ちていた。

「……ルサカくん…？」

ジルドアは門に向かって駆け出す。開け放たれた鉄の門扉は、軋んだ音を立て、冬の風に揺れていた。

＊＊＊

タキアは約束通り三日後の午後に、青い屋根に石造りのライアネルの屋敷にやってきたが、庭仕事をしているはずのルサカどころか、誰もいないように見えた。

屋敷はしんと静まり返っているし、火の気もない。

固く閉ざされた鉄の門扉の前で、タキアは悩む。

ルサカが嘘をつくはずはないし、誰もいない、というのも何かおかしいような。

少し空から探してみようか、と考え始める。人に変化するのも竜の姿に戻るのも、結構な体力を消耗する。この後、ルサカを連れて古城の巣まで飛ぶ予定もあるし、あまり何度も変化するのもなあ、とタキアは思い悩む。

門扉にもたれて暫く悩んでいると、白樺の並木の向こうから、馬に乗った武装した騎士が走ってくる姿が見えた。あれはライアネルだ、とタキアも気付く。

「ファイアドラゴン！　お前、ルサカのファイアドラゴンだろう！」

意味が分かったような分からないような。よく分からないが事実なので、タキアは馬上のライアネルを見上げて頷く。

「ルサカを連れ帰ったのか！」

「……今迎えに来たところだけれど」

嫌な予感がする。その次の言葉を聞きたくない。全身が総毛立つような。馬上のライアネルを見上げるタキアは、胸騒ぎが収まらなかった。

ライアネルは蒼白だった。やっぱり、と小さく呟く。

「……ルサカが、いなくなった。騎士団も総出で捜索しているが……まだ見つからない」


タキアの咆哮《ほうこう》は、リーンにもエルーにも届いた。

聞いた事もないような、咆哮というよりは、凄絶な悲鳴のようだった。遠く離れたリーンにもエルーにも、タキアのその激しい感情が伝わった。

竜は言葉がなくとも、遠く離れていても、意志の疎通ができる。言葉ではないもので意思を伝えられる。それは理性のある状態の時で、感情が暴発した時は全ての感情を曝《さら》け出し、遠く離れた同胞にまでその混乱が届けられる。

タキアが異常な狂乱状態に陥《おちい》ったのは、リーンにもエルーにも痛いほど、伝わる。二人はそれぞれの巣にいたが、錯乱状態の弟を探すために、ルトリッツ騎士団国へ向かって飛び立った。

『タキア、落ち着いて、何があったの！』

『ルサカの名前を呼んでる。ルサカに何かあったんだ』

『馬鹿な子、外に出したのね！　あれほど言ったのに！』

『今はそんな事言ってる場合じゃない。早くタキアを見つけて捕まえないと、大変な事になる』

『ずっとルサカを呼んでる。泣いてる。タキアを早く見つけないと』

『まずタキアだ。それからルサカを探そう』

『ルサカが心配だわ。どこに消えたっていうの。もしも人に捕まったなら、ルサカが』

『やっぱりタキアを独り立ちさせるのも、番人を持たせるのも早過ぎたんだ』

『あの子はまだまだ子供なのに、こんな事になるなんて』

『エルー、泣いても何も解決しない。まずタキアの保護だ』

『この状態じゃ街を焼き尽くすだけじゃない、自分の身体も傷つける事になる』

『早く、タキアを捕まえなきゃ』

『俺が行く。エルー、俺がタキアを捕らえきれなかったら援護を頼む』

リーンは巨大な羽を広げ、ルトリッツ騎士団国を目指す。

エルーは身体が小さい。タキアに当たり負けするかもしれない事を考えれば、リーンが身体を張って止めるしかなかった。

何度呼びかけても、タキアは返事をしない。返事ができるような正常な状態ではなかった。ただルサカの名を呼びながら、泣き叫びながら、狂ったように飛び続ける。


ライアネルは馬から振り落とされたが、なんとか無事だった。

馬はファイアドラゴンの鼓膜を破りそうな咆哮を聞いて、ライアネルを振り落とし走り去ってしまった。ファイアドラゴンが狂ったように吼え猛りながら飛び去っていくのを、ライアネルは呆然と見送るしかなかった。

ジルドアが以前に言っていた。昔、ルトリッツ騎士団国の建国より遙か以前に、この地方を長く護っていたアイスドラゴンは、攫ってきた人間を奪い返され怒り狂い、この地方を凍らせて去っていった。過去にそんな凄惨な厄災があった。

今のファイアドラゴンは、まさに同じ状態だ。ルサカを奪われて、怒り狂っている。ルサカを早く見つけ出さなければ、かつてこの地方を破壊して去っていたアイスドラゴンの災厄と同じ事が起こるかもしれない。

ジルドアにその可能性を示唆《しさ》されたからこそ、騎士団上層部に届け、捜索をしているが、未だ見つからなかった。ライアネルは屋敷の馬小屋に急ぐ。逃げた馬の代わりを調達して、ルサカを探しに戻らなければならない。

何者かがルサカを連れ去ったのは間違いない。まだそう遠くには行っていないはずだ。なんとしてでも見つけ出さなければならない。これはもうルサカの命だけの問題ではなくなっていた。ルトリッツ騎士団国が焼き尽くされ滅ぼされてしまうかもしれない。

一刻も早くルサカを見つけ出し、そしてファイアドラゴンにルサカの無事を知らせなければ、かつてのアイスドラゴンの厄災と同じ、最悪の事態を引き起こしてしまう。

一刻も早く、ルサカを見つけ出さなければ。

「見ろ。……竜のしるしだ」

男が血に濡れたシャツをめくり上げて、ルサカの下腹を晒す。

「……紅い花みたいだな。……それより、脇腹の傷がもう塞がってるぞ」

「それが竜の番人の特徴さ。……頭を潰されない限り、こいつらは死なない」

めくり上げたシャツを離して、再び鉄の檻を閉める。

「不老、長命、頭を潰されない限り、死なないし、どんな大怪我を負っても、数日で治る。……高級なおもちゃなんだよ。ずっと以前に、他の大陸で見つかって、そりゃもう天井知らずの高値で取引された」

男は檻の中に薬をしみ込ませた布を放り込む。

「森で人を乗せた竜を見た時は、まさかと思ったね。……チャンスを待ってよかった」

檻に目隠しの布をかけ、男は幌馬車から降りる。

「竜が見初める美貌に、不老、長命、オマケにどんな傷も治る身体か。……番人なんて本当にいたんだなあ。眉唾だと思ってたぜ」

男は馬と幌馬車を繋ぐ馬具の確認を始める。

「竜を呼ばれるとまずい。目隠しと口枷、手足の拘束を絶対に忘れるなよ。……こんな少年の番人なんてものすごく珍しいんだ。俺が知る限り、他で取引された番人は全員成人だ。……つまり、もっと高く売れる可能性がある」

もう辺りは薄暗くなっていた。馬を乗り潰しながら驚くほどの距離を移動しているが、それだけ馬を潰しても、それを遙かに上回る見返りのある商材に、男たちは興奮していた。

「なあ、どうせすぐ傷は塞がるんだろ。少しくらい味見してもいいんじゃないか」

「あの竜が雄か雌か分からないからな。……雌だったら、こいつは希少な少年の初物だ。うっかり手を出して商品価値を下げるのもなんだな……」

男は少し考え込んでいた。

「……まあ、どの道、抱いても萎《な》えるぜ。こいつらは人と交わると、悲鳴をあげる。……ただの悲鳴じゃないぜ？　激痛で悲鳴をあげるんだ。……番人は何故か、人と交わると激痛を感じるんだよ。……だからこいつも、女の客には観賞用にしか売れない。……男の客でも、そういう趣味があるやつじゃなけりゃ、耐えられないような悲鳴をあげるって話だ。……もしくは、舌を切り取って声を潰すか」

男は馬具の確認を終え、鞍《くら》に上がる。

「切り取る!?　咽喉を焼くくらいじゃだめなのか」

もうひとりの男も、鞍に上がる。幌馬車の速度を上げるために、重量のある荷物は大半捨てられた。

「……見ただろ。植木鋏で刺した脇腹の傷が、跡形もなく塞がるくらいだ。……咽喉なんか焼いたって数日後には戻ってる。こいつらは切り落とさない限り、どんな傷も治しちまうんだよ」

檻を積んだ幌馬車を引く馬に鞭《むち》を当て、走り出す。ひどく幌馬車は揺れるだろうが、中の積み荷の番人はどうせ薬で眠っていて、起きる事はまずない。

「金持ちの変態どもに大人気なのさ、番人は。何しろどれだけ痛めつけても、数日で元の綺麗な顔と身体に戻る。おまけに、歳もとらない、長命。……楽しんで弄んで痛めつけて、飽きたらまた高く売れる。最高のおもちゃだろ？」

薄暗い森の中を、幌馬車を引いた馬はひたすら走る。

「売り飛ばす前に、味見してぇなあ。……番人を犯す機会なんて、もう二度とないだろ、きっと」

男は諦めきれないのか、まだ言っていた。

「お前も諦めないいな。……仕方ない、国境を無事越えたらな。万が一、悲鳴を聞かれて竜に気付かれでもしたら、乗り潰した馬も、捨てた積み荷もムダになる。……騎士団が追っ手をかけているかもしれないし。第六騎士団の副団長の家から奪ってきたからな。竜に騎士団、どっちも厄介だ」

国境を越えるまでは、馬を乗り潰しても替えを手に入れられない。無理せず国境を越えなければならない。今は時間が惜しかった。

「……初物だったら価値が下がる。せいぜい指くらいで楽しんでおけよ」

「あーあ、こんなに綺麗なのに変態のおもちゃか。……かわいそうにねえ。金があったら、俺が買ってやるのになあ」

下卑た笑い声は、楽しげだった。

「指でも激痛を感じるのかねえ。どこから激痛になるのか気になるところだ」

「もうすぐ国境を越える。騎士団の手配もさすがにここまでは来てないようだな。……国境を越えて、あとは竜に気付かれさえしなければ俺たちの勝ちだ。……さて、どこの奴隷市場に出すかねえ」


「おい、起きろ」

揺さぶられて、ルサカはゆるゆると目を開ける。

両手足には鉄の枷がつけられているし、口枷までつけられていた。鉄の枷は鎖で繋がれて、番人の体力をもってしても、重く、手足が痛んでいた。薄く目を開くと、下卑た笑いを浮かべる中年の男に顔を覗き込まれる。

「起きたか？　……声も聞けねぇんだ、せめて表情くらい、楽しませてもらわねぇとな」

ここまで来ればこれから何をされるのか、誰だって分かる。ルサカは震え上がっていた。なんの薬を嗅《か》がされたのか、頭は重く霞がかかったようだし、身体もだるく、重かった。番人の常人離れした体力でも、薬には弱いのか、とぼんやりと考える。

逃げ出したくともこの状況では、全く活路が見出せなかった。口枷は食い込んで、うめき声すら消された。あがくルサカを押さえ込んで、男の手がもどかしげに、血に濡れたシャツを剥いでいく。

ルサカはひたすら叫び続けるが、声は口枷に阻《はば》まれ、微かにうめくだけに終わった。男の荒々しい手が、ルサカの白い肌を乱暴に撫で回す。そのおぞましい感触に、ルサカの素肌は粟立《あわだ》った。

「おい、すげえぞ。女みたいに真っ白で吸いつくような肌だ」

背後を振り返って、誰かに呼びかけている。そのおぞましい手に、ルサカは吐き気がこみ上げてくる。どうしたら逃げられるか、必死で考え続ける。身体をよじって逃れようとすると、容赦なく殴りつけられた。

「大人しくしてろよ。……どうせすぐ傷が塞がるんだろ？　さっきみたいに刺されたくなければ、大人しくしとけ。どうせ逃げられやしねぇんだから」

男は笑いながら足枷の鎖を引き、ルサカを抱き寄せると、晒された胸元に乱暴に吸いついた。無遠慮な舌と唇が、晒されたルサカの素肌を這い回る。男の息は荒く、興奮が伝わる。恐怖と嫌悪のあまりルサカは固く目を閉じ、身体を竦ませるしかなかった。

男の乱暴な手は、ルサカの抵抗をものともせずに服を剥ぎ取っていく。下着ごとズボンを引き下ろされそうになったその時、ルサカは異変に気付いた。

何か、物音がする。ぴしっ、という家鳴りのような、薄氷を割り踏む音のような。

固く閉じていた目を開けると、幌馬車の天井に、薄く氷が張っている事に気付いた。何故幌が凍っているのか。ルサカがいぶかしみ始めた時、ルサカを抱き寄せ素肌を楽しんでいた男に異変が起きた。

「……あ?」

見る間に足元から、白い霧のような冷気が立ち昇り、男の身体が凍り始めていた。

「な、なんだこれは…あ、あ……」

男が混乱しているうちに、氷は足元から這い上がり、一瞬で男を凍りつかせた。

何が起きたのか、ルサカには分からなかった。足枷に冷気が忍び寄ってきていたが、それ以上凍る気配はなかった。凍った男から、恐る恐る身体を引き離す。

その時、幌馬車を覆った薄氷を踏む音が響いた。

「……間に合ったかな」

長い銀色の髪と、白いクロークを纏ったシルエットが見えた。

「無事だったみたいだね。……おいで、逃げるよ」

男の声だった。

男は屈み込んで、ルサカの鉄の手枷に触れる。触れた側から手枷は凍りつき、砕け散った。

同じように、足枷にも触れ、凍らせて砕く。

「口枷まで。……今外すから」

ここでルサカは、男の顔をはっきりと見る事になる。

長い銀色の髪に、整った端整な顔。見た目は二十代半ばを過ぎたくらいに見えた。虹彩は美しい蒼だった。この目をよく知っている。

竜の眼だ。

「君の声を、うちの子たちが聞いていた。間に合ってよかったよ」

口枷を外して、それから男は着ていたクロークを脱いで、ルサカに羽織らせる。

タキアやリーン、エルーとは雰囲気が違う。けれどこの、猫のような瞳孔と濃い虹彩は、竜だ。

「さあ行こう」

男はクロークに包まれたルサカを抱き上げ、歩き出す。

＊＊＊

「私はレオーネという。……君の名前は？」

長く艶やかな銀髪に蒼い目を持つその人は、そう名乗った。

「ルサカです。……本当にありがとうございました」

ルサカを抱えて馬に乗ると、真っ暗な森の中を歩き始める。レオーネは暗闇でも立ち木に当たることなく馬を進めている。タキアと同じように、暗闇でも周りが見渡せている。

凍らせたりするという事は、タキアとは種族が違うという事か。昔、ルトリッツ騎士団国の建国前にあの地方に棲みついていた、アイスドラゴンと同種だろうか。

「うちにも二人番人がいるんだけれど、その二人が昼頃から騒いでいたんだ。誰か、他の番人が痛がっているって」

リーンやタキアよりも、なんというか、気品がある感じだ。貴族のような洗練された気品がある。ルサカは馬から落ちないようにしがみつきながら、話を聞いている。

「助けてあげて欲しいと懇願されてね。……探していたんだけど、君は眠らされていたようで、声が聞こえなくなってしまったと、うちの番人たちが泣いていた」

番人は番人の声が聞こえるのだろうか。ルサカは今まで他の番人の声を聞いた事がないので疑問に思っていると、レオーネは気付いたのか、少し笑う。

「……人の世に落とされた番人の中には、聞こえるようになる子たちがいるんだよ。……悲鳴が聞こえるんだ。決して幸せな事じゃないけれど、こうして君のような他の番人を救う事もできるから、悪い事だけじゃないね」

「感謝しています。……あのままだったら、どんな目に遭っていたか……」

想像もできない地獄が待っていただろう。エルーが言っていた事を思い出す。

人間に番人を与えたら、番人は地獄の苦しみを味わうと。

こういう事だったのか、とやっとルサカは理解できた。番人は人の世では生きられない。巣を出てはいけなかったんだと、今更に痛感していた。

「無事だったんだ、それを喜ぼう。……うちの番人たちが、君を待っている。無事を祈りながらね」

行く手に、仄明かりが見える。いつの間にか、先ほどの森とは雰囲気の違う、深い黒い森の中を進んでいた。

その、闇夜の黒い森の奥深くに、その屋敷はあった。薄氷に覆われた古い石造りの館が、闇の中で仄かに輝いている。番人になりたてのルサカでも、分かる。これは強い魔力で守られた屋敷だ。

竜に魔力がある事は知っていたが、平地に巣を構える場合は、こうして魔法で守る事を知らなかった。

「ここが私の巣だよ。……さあ行こう、皆が待ってる」


外観は薄氷に覆われて寒々として見えたが、中は暖かく穏やかな光に満ちていた。

「おかえりなさい、レオーネ様。……よかった、無事だったのね。嬉しい！」

松葉杖をついた、蜂蜜を流したような長い金髪の、白い花のような美しい娘と、黒髪の巻き毛の、端整な美貌の少年が扉を開け放って出迎えてくれた。

「ただいま、リリア、ノア。この子はルサカだ。無事に連れて帰れたよ」

「ルサカ、無事でよかったわ。本当に嬉しい。……ひどい血だわ……。着替えとお風呂を用意してきます。……あっ。ごめんなさい、私はリリア。こっちの子が、ノア」

黒髪の少年はルサカより少し上くらいか。

「この子、しゃべれないの。……でも、声は聞こえているから、話しかけてね」

リリアはノアと一緒に廊下を歩いていく。その時、ルサカはやっと気付いた。リリアのスカートから伸びているはずの、右足が無かった。松葉杖をついているのは、そういう事だった。二人が屋敷の奥に消えてから、レオーネはルサカが羽織っていたクロークを脱がせて、居間の暖炉《だんろ》の前の椅子に座らせた。

「リリアもノアも……人に捕らえられていた番人だよ。私が見つけて助け出した時には、ノアは悲鳴をあげられないように舌を切られ、リリアは逃げ出せないように右足を膝下から切断されていた」

お茶の用意はテーブルに出来ていた。レオーネは慣れた手つきでお茶を淹れ始める。

「番人は人と交尾できないって聞いた事はないかい？　……交尾出来ないわけじゃないんだ。ただ人との交尾に激しい痛みがある。だから、人に囚われた番人が、悲鳴をあげないように舌を切られるのはよくある事なんだ。……君もあのままだったら、同じような目に遭っていたかもね」

ルサカの目の前にお茶が差し出される。菩提樹《ぼだいじゅ》の花のお茶だった。緊張や不安を和《やわ》らげるといわれている。リリアとノアが、ルサカの無事を祈りながら、用意していてくれたのだろう。

人と交尾できなくなる、と確かにタキアが言っていた。そんな理由だったなんて、今まで知らなかった。

「リリアとノアが君の悲鳴を聞いて、私に教えてくれたんだよ。おかげでなんとか、大事に至る前に助けられた。……私よりも、二人にお礼を言ってあげるといい」

ルサカは何を言っていいか分からなかった。

初めて他の番人に会った。それが人に傷つけられた番人。衝撃が強過ぎて、言葉が出てこない。レオーネは察したのか、軽くルサカのココア色の柔らかな髪を撫でる。

「君がそんな顔をしていたら、二人が悲しむ。……彼らも、君が無事な事がとても嬉しいんだ。だから、笑顔を見せてあげてくれ。……私もその方が嬉しい」

ルサカは黙って頷く。色々な事が起こり過ぎて、思考が追いつかない。

「ルサカ、お風呂と着替えの用意が出来たわ。その血を落としてから休みましょう」

リリアとノアが部屋に戻ってきて、明るく声をかける。

「二人がぼくに気付いてくれなかったら、どうなっていたか。……本当にありがとうございます」

安堵《あんど》と疲労と、あまりにも色々な事が起こり過ぎて追いつかない思考のせいか、途中から涙声になってしまっていた。

ノアが慌ててルサカの涙を拭う。リリアもルサカの肩を抱いて、慰める。

「泣かないで、ルサカ。私たち、あなたに会えてとても嬉しいの。無事でいてくれて、本当に嬉しいの。……疲れているでしょう。温まって休んでね」

ノアはルサカの手を取って、優しく握る。言葉がなくても、ノアの気持ちはとてもよく伝わる。美しく、優しいその目は悲しいほど澄んでいて、ルサカは胸が張り裂けそうに痛んでいた。

＊＊＊

荒れ狂ったタキアは、一昼夜暴れ続けた。

街を焼き、砦《とりで》を破壊し、稲妻をはらんだ雷雲を呼び、狂ったようにルトリッツの空を飛び続けた。リーンはルトリッツに辿り着いてすぐにタキアを見つける事ができたが、まさに手負いの獣のような状態だった。

生まれてたった五十年程度のタキアよりも、千年生きたリーンの方が、竜としては格段に戦闘能力は高いし、魔力も高い。体躯《たいく》も、比べるべくもない。それでも錯乱したタキアを捕らえるのに一晩かかった。

自分を見失ったタキアは信じられないような力で暴れ続けた。

結局、疲れ果てて弱るまで、リーンとエルーの二人がかりでも止める事ができなかった。疲れ、傷つき、弱ったところを、無理矢理に人に変化させて、最後の体力を奪い、拘束する。

竜を捕らえる方法なんてそれくらいしかない。人の姿になれば竜よりは遙かに魔力も戦闘能力も低い。このまま竜化を阻害してどこかに閉じ込める。とにかく竜化させないくらいしか、拘束する方法がない。

無理矢理捕らえたタキアを背負って、古城の巣に戻った時は、もう翌々日の明け方になっていた。

「……くそ、舐めてたら痛い目みたな」

リーンもかなりの深手を負った。

「タキアがあんなに手強いとは予想外だった。……錯乱した竜なんて、竜同士でも止めるのは命がけだな」

エルーは泣きながら、リーンの手当てをしている。リーンの腕や足、脇腹の皮膚は裂け、筋肉も損傷している。幾ら竜でも、こんな大怪我は治癒するのに数日はかかる。

エルーもリーンほどではないが、怪我を負った。兄姉も分からなくなるほど混乱し荒れ狂っていたのだ。

やっと捕らえる事ができたものの、エルーもリーンも疲弊しきって、このタキアの古城の巣まで飛んでくるのが精一杯だった。人に変化させたタキアの手当てと監視のためになんとか人化するのに、最後の体力を使い果たした。

「……手当てが終わったら、カインとアベルを連れてくるわ。……あの二人ならタキアの監視もできる。……私たちは傷を治して、ルサカを探さないと」

手当てをされたタキアは、古城の地下室に閉じ込められていた。竜化を阻止する首枷をつけられたタキアは、傷つき疲れ果てて、死んだように眠り続けている。

「少し休め、エルー。……タキアも当分は起き上がれない。あいつも大怪我を負ってる」

どうしようもなかった。リーンも本気で戦わなければ、タキアを止められなかった。それくらいに荒れ狂っていた。

手当てを終えたリーンは、よくタキアが寝転がっている寝椅子に横になる。そのリーンに毛布をかけて、エルーはそのすぐ傍のソファに、ぐったりと座り込んだ。

「……ルサカも探さなきゃ。……騎士団がすごい数で捜索してたけど、タキアが暴れたから、そっちの救助でも忙しそうだわ」

エルーは背もたれにぐったりともたれかかり、目を閉じる。

「ルサカの家族は、ルトリッツの第六騎士団の副団長のライアネル・ヴァンダイクって人だって聞いた事があるわ。……繋ぎをつけられれば、騎士団からも情報を貰えるかしらね」

「どうかな……。これだけタキアが暴れたあとだと、信用してもらえるかどうか。……昔、この地方で同じように番人を奪われた竜が暴れた事があったって聞いた事があるしな」

リーンは傷がひどく痛んだ。痛むのは傷だけではない。

心も身体も深く傷ついている弟と、どこにいるのか、無事なのかすらも分からないルサカを思うと二人とも激しく胸が痛んで、目を閉じても眠れる気がしなかった。

帰れないなら、食い扶持分くらいは、きっちり働く。

そういえばタキアの巣に連れてこられた最初のうちも、同じ事を考えて、埃だらけの古城を掃除していたな、とルサカは思い返す。じっとしているのが苦手な性分なのもある。

この薄氷の屋敷は、リリアとノアという二人の番人がいるので、隅々まで掃除が行き届き、きちんと管理されていて、ルサカがやれる事はそうなかった。せいぜい二人の手伝いをするくらいだ。

リリアもノアも、ルサカはひどく疲れているし傷ついているから、無理せず休んで欲しい、と言い張ってあまり手伝いもさせてくれず、ルサカは時間を持て余していた。

レオーネは特に出掛ける用事もないのか、書斎にこもって本を読んでいるようだった。

タキアたち兄弟とは、随分雰囲気が違う。大らかで庶民的な雰囲気なのは、タキアたち三人の兄弟の性格なのかもしれない。竜が皆、あんな風に明るく大らかなわけではなさそうだ。

ノアが小さなティーワゴンにお茶の用意をして書斎に運んでいくと、リリアがキッチンのテーブルにお茶の用意を始める。リリアと、ノアと、ルサカの三人分の茶器を並べる。

ルサカは何も手伝わせてもらえずに、ぼんやりと椅子に座ってそれを眺めていた。こうして座っているだけだと、余計な事ばかり考える。

タキアやライアネルたちがどれだけ心配しているだろう、と思うと、こんなのん気にお茶を楽しむ気にもなれない。ルサカの焦燥《しょうそう》に気付いているのか、リリアもノアも心配をしてくれていた。

「ルサカ、私たちもレオーネ様にお願いするわ。おうちに帰してあげてくださいって。……ルサカは主の竜が大好きなのね。それはレオーネ様も分かっているんだと思うのだけれど……」

薔薇色の頬をした美しいリリアは、ゆるく首を傾げてため息をつく。

「レオーネ様は、番人を大切にしない竜が許せないのよ。……私や、ノアみたいな子を見てしまったから」

リリアやノアがどんな経緯で人の手に渡ったのか、ルサカは知る由《よし》もない。この二人が心や身体に負った深い傷を考えると、とても聞き出す気にはなれなかった。

「私たちがレオーネ様のお屋敷に来てから、何度か他の番人の悲鳴を聞いたけれど……どこに連れ去られたか分からなかったり、見つけた時は……もう助ける事ができなかった事もあったから。……レオーネ様もとても深く傷ついてらっしゃるのよ……」

ノアはまだ戻ってくる気配はなかった。レオーネのお茶に付き合っているようだった。リリアはルサカと自分の分だけ、お茶を注ぎ始める。

「レオーネ様はルサカに意地悪をしているんじゃないの……それだけは分かってあげてね。ルサカを無事助けられた事を一番喜んでいるのは、レオーネ様なんだもの」

ルサカも、それは分かっていた。ルサカの身を案じるからこそ、レオーネはタキアの過失を許せないのだ。

けれどタキアも、ルサカを帰す事をずっと拒んでいた。それを、ライアネルとルサカの懇願で捻じ曲げて、帰してくれたのだ。咎があるというなら、それはルサカの方だ。決してタキアの過失ではない。

「……そうだ、何か書くものはないかな。ペンとか。……必要なんだ」

リリアの美しい顔が少し曇る。

「……ごめんなさい。レオーネ様の書斎にしかペンはないの。普段から、何か書きものする時は私たち、レオーネ様のところに行くから。……恥ずかしいけれど、私もノアも、あまり字が書けないから、レオーネ様に習っているところなのよ」

番人は長命だ。リリアとノアがいつの時代から生きているのかわからないし、このレオーネの屋敷にいつ来たのかもルサカには分からない。もしかしたら、識字率の低い時代や国の出身なのかもしれない。

「……なんとか、タキア……一緒に暮らしていた竜なんだけれど、タキアに連絡をとりたいんだ。せめて、無事だという事だけでも。……そういえば、ここはどこなんだろう。ルトリッツの隣国なのかな……」

リリアは少し、困ったように首を傾げた。

「ここは……なんて言えばいいのかしら。……どこでもないところよ。レオーネ様が作った森なの。……だからどこの国へも繋がるし、どこの国からも入れない、というか……」

薄々、レオーネはタキアたち兄弟よりも、魔力が高いのではないかとはルサカは思っていた。

タキアは人化している時は、たいした魔法は使えないと言っていた。竜の時が百なら、人の時は十にも満たない能力になると。それでも人間よりは遙かに体力も魔力もあった。

レオーネは、人の姿のまま、鉄の枷を凍らせて破壊していた。氷のブレスを吐くように、人の姿でも凍らせる事ができるのだ。竜化したら、軽くタキアを上回る戦闘能力になるのではないか。

だから、平地に巣を構える事ができるし、リリアが言うような、不思議な森を作り出す事もできるのかもしれない。

「この森を自由に出入りできるのは、レオーネ様だけよ。……私もノアも、この森から出たい、と思った事がないから……それでいいとずっと思っていたわ」

本当にレオーネの同意がなければ、タキアのところに帰るどころか、この森からも出られないのか。

今こうなって、誰より会いたいのはタキアだった。誰よりもタキアに無事である事を伝えたい。会いたい。ひとりにしないと約束したのに、こんなに遠く離れてしまった。

「……ひとりにしないって約束したのに。ぼくのわがままのせいで、こんな事になってしまっんだろう。……タキアがどれだけ心配してるか」

　泣き出しそうになるのを、ぐっと堪《こら》える。言葉にすると胸が張り裂けそうになる。これほど彼を愛していたのかと、遠く離れた今になって思い知らされた。

　タキアが今どうしているか、それを考えると胸が苦しくて、涙が溢れそうになる。

　会いたい。

　今すぐに、タキアの元へ帰りたかった。寂しがりやのタキアがどれほど悲しんでいるだろう、心配しているだろう。

　ひとりにしないと約束したのに。

　絶対に帰る。

　ルサカはぎゅっと手を握りしめる。

　どんな事をしても、どんな手を使ってでも。

　絶対にタキアの許へ。

＊＊＊

何をしているのだろう。

身体中が軋んで、ひどい痛みがあった。それに疲れ果てて、指一本動かせない。早くルサカを探さなければならないのに、何をしているのだろう。

古城の巣の地下室は、閉め切られていたせいで黴《かび》臭く、湿った匂いがしていた。タキアは身動きもせずに、隅の寝台に横たわったまま、目を閉じる。

リーンやエルーにひどい怪我も負わせてしまったし、無関係な街も焼き払い、嵐も起こした。そんな事をしても、ルサカは帰ってこない。ルサカが今どうしているのか、考えるだけで気が狂いそうになる。

無事なのか、つらい目に遭っていないか、苦しんでいないか。早くルサカを見つけなければいけないのに、身体は鉛《なまり》のように重く沈み、深い傷は激しく痛んでいた。

リーンも手加減する余裕がなかったのは、タキアも分かっていた。本気のリーンならば、タキアに致命傷を負わせるのなど簡単だ。あれほど暴れ狂っていたタキアを捕らえるのにこの程度の傷ですんだのは、リーンとエルーが自分の身体を犠牲にしてタキアを止めたということだ。

涙が溢れ出す。本当に、何をしているのだろう。

馬鹿だ。こんな事をしている場合ではないのに。一刻も早くルサカを見つけ出さなければならないのに。それなのに、指一本動かせないくらいに、タキアは疲弊しきっていた。

リーンやエルーだけではない、たくさんの無関係の人々を苦しめて、本当に最低だ。

ふと、頬に何かが触れた。ふわふわの被毛と、冷たい鼻先。

ヨルだった。

兄姉が、タキアのためにヨルをこの部屋に連れてきていた。ヨルはずっとタキアに寄り添い、目覚めるのを待っていたようだった。

握りしめたタキアの拳《こぶし》にヨルが鼻先を近づけ、ぺろり、と舐める。

「…………ヨル？」

ヨルは何度もタキアの握りしめられた拳を舐め、前脚で掻く。握りしめたその指を開くと、掌に、薄紅色の紙があった。

ルサカの匂いがする。懐かしく、恋しく、切なくなる、ルサカの匂いだった。

どこか遠い、知らない場所の気配があった。そこからルサカがこれを送ったのだと気付く。

ルサカは生きている。

生きて、タキアを待っている。

約束をした。

もしもルサカがいなくなったら、探し続けると、そう、約束した。

耐えられなかった。

タキアは声をあげて、子供のように泣き出す。


「……君も、諦めないね」

レオーネの書斎は、まるで書庫のようだった。壁一面に古書が並び、積み上げられ、まるで本の要塞のようだった。こんな勤勉な竜もいるのか、とルサカは密かに感心していた。

「諦めません。……助けていただいた事は感謝しています。けれど、ぼくはどうしても、帰らなきゃならない」

きっぱりとルサカは言いきる。

「ここで私や、ノアやリリアと暮らせばいいのに。……君の代わりの番人なんて、幾らでも作れるんだよ。竜は」

レオーネは読んでいる竜言語の古書から顔も上げない。

「タキアはぼく以外の番人を持たないと約束しています」

そのルサカの言葉を聞いて初めて、レオーネは書物から顔を上げ、ルサカを見た。

「まるで竜と竜騎士みたいだね。……多情な竜がそんな約束、守れるのかな」

「タキアはぼくに嘘をつきません。……ぼくも、タキアを信じている」

ルサカは自分でも不思議だ、と思っていた。タキアの巣に連れてこられてから、まだ半年も経っていない。ほんの少し前は、ライアネルの待つ家に帰りたくて仕方がなかった。それなのに、今はもう、タキアがいない生活など、考えられなかった。

再びレオーネは書物に視線を戻す。もう数日こうしてルサカはしつこく交渉しているが、レオーネは聞いているのか聞いていないのか、曖昧《あいまい》な返事しかしない。

ため息をついて、ルサカは壁を埋め尽くす書棚を見上げる。大半が竜言語の本だった。おそらく、魔道書の類。竜のブレスも魔法の一種だと、タキアが以前に言っていた事を思い出す。

竜言語をもっと勉強しておけば、この要塞のような書庫の本が読めただろうに、とルサカは少し惜しんでいた。

「ルサカ、君は番人になってどれくらいになる?」

ふいに尋ねられる。

「……秋に。もう少しで半年かな……」

レオーネは少し考えているようだった。何か考えて、決めたのか、暫くしてから口を開いた。

「ルサカ、こっちに」

呼ばれて、ルサカはレオーネの書斎机の傍に歩み寄る。レオーネはルサカを見上げ、じっと見つめてくる。

この夜明けの空のような蒼い虹彩の竜の眼は、不思議と冷たい印象を与えない。とても穏やかで優しく見えた。

「……そうだね。じゃあ、君の気持ち次第という事にしようか」

どういう意味か分からなかった。レオーネはゆるく微笑む。

「君の気持ち次第で、応じよう」

ここまではっきりと、レオーネが譲歩した発言をしたのは初めてだった。今日まで曖昧にはぐらかすだけで、帰すつもりは毛頭ないようにしか感じられなかった。こんなにはっきりと、応じる、と明言したのは初めてだった。

「本当に!?」

やっとタキアに会えると思うと声が震えそうになる。ルサカがぱっと笑顔になったのを見届けてから、レオーネは続けた。

「ルサカ。番人の巣での仕事内容を覚えているかい。……三種類の仕事、これはどこの巣でも同じだ」

ルサカは頷く。レオーネはルサカの右手を取って、椅子に座ったまま、ルサカを見上げる。

「家事全般、財産管理。……最後のひとつの仕事を今、ここでするというなら、帰す事を約束するよ」

あまりにも穏やかに優しく、いつもの微笑みのままだった。その美しい顔を見つめたまま、ルサカは何を言われたのか、一瞬理解できなかった。

レオーネにそんな事を望まれると、露ほども思っていなかった。この人ほど、番人を尊重し大切にしている人はいないとさえ思っていた。だから、聞き間違いじゃないかと思えた。

「番人の最も大事な仕事だね。……今ここで、私にその身を捧げるなら、帰すと約束する。嘘は言わないよ」

いっそ、操ってくれたなら。ルサカは思う。

操ってくれたなら、こんなに胸が痛まない。

どんな事をしてでも、帰ろうと思っていた。タキアにもう一度会うためなら、なんでもする、どんな手でも使う、そう思っていた。

きっと、竜にとってこれはたいした事じゃない。

ルサカの手を取るレオーネの指先を見つめる。この綺麗な顔に不釣合いな、節くれだった手だった。無骨であるとさえ言える。その無骨な手を眺めながら、タキアはとても綺麗でしなやかな手をしていた事を、ふと思い出す。

タキアは絶対に誰にも触れさせないで欲しいと言っていた。もしもタキアにもう一度会うために、この身を売った事を知ったら、どう思うだろう。

ぼくを嫌いになるかな。

それでもどうしてもタキアに会いたかったと言ったら、なんて言うだろう。

どんな傷ついた顔をするだろう。どんなに悲しませるだろう。それを思うと、胸が潰れそうに痛んだ。ルサカにとってこれがどんなに重い事か、知っているからこそ、レオーネは要求しているのだと、ルサカにも分かっていた。

「……無理強いはしないよ」

レオーネはいつものように穏やかな口調で、繰り返す。

タキアはぼくを嫌いになるかな。

もう一度、ルサカは考える。

二度と会えずに、この薄氷の屋敷で一生を過ごすくらいなら、タキアに嫌われてもいい、もう一度会いたかった。

もう二度と会えないかもしれない事に比べたら、こんな事はたいした事じゃない。

そう自分に言い聞かせながら、ルサカは震える手で、シャツのボタンを外し始める。全てのボタンを外し終えると、レオーネは膝の上にルサカを抱き寄せた。

「……後悔はしない？」

一生タキアに会えない事に比べたら、何を後悔するというんだろう、そうルサカは思う。

頷くと、レオーネはルサカの細い腰を抱いて、書斎机に仰向けに寝かせる。

「こんなところで申し訳ないけれど」

少しルサカが動いただけで、積まれた本の山が崩れそうだった。ルサカは身体を竦めてその本の山を見上げる。

はだけたシャツの隙間の素肌の、下腹の紅い花が晒される。

「ああ……主はファイアドラゴンなのか」

花の色は主の竜によって違う事を、この時ルサカは初めて知った。こんな場面で知る事になるなんて、とても皮肉だ、とルサカは思った。そのレオーネの指先が紅い花に触れ、辿る。ルサカに覆いかぶさり、その細い首筋に、薄い皮膚で覆われた鎖骨に、なめらかな胸元に口付ける。はっきりと、タキアではない、別の誰かだと思い知らされる感触に、ルサカは震えが止まらなかった。

初めてタキアと交尾した時、怖くてただ泣きじゃくるだけだった事を思い出す。

こんな時なのに、こんな時だからなのか、タキアの事ばかり思い出す。切なさで胸が焼き尽くされそうだった。

レオーネに抱きしめられた時に、ルサカはこの腕がタキアだったら、どんなに幸せだっただろう、と思わずにいられなかった。

タキアだったら。そう思うと、堪えきれなかった。

ルサカは声をあげて、泣き出してしまった。

「……泣かせちゃったか」

我慢できずに、レオーネは抱きしめていたルサカを離して起き上がる。子供のようにしゃくり上げながら、両手で涙を拭う。ここでレオーネと交尾できなければ、もう二度とタキアに会えないかもしれない。そう思っても、嗚咽を止める事ができなかった。

「泣かなくていいよ、ルサカ。……こうなるだろうとは思っていた」

レオーネは書斎机からルサカを引き起こし、椅子に座らせ、服を整えてくれる。

「君の気持ちはよく分かった。……君の主に連絡をとってあげるよ」


ルサカを寝かしつけてレオーネが書斎に戻ると、ノアが書斎の扉にもたれながら待っていた。

「ノア。怒っているのかい？」

ノアは静かに書斎の扉を開いて、レオーネと一緒に、猫のように滑り込む。

「……苛《いじ》めるつもりじゃなかったんだけれどね。まさか本当にするとは思わなかった」

どうせ、ルサカと寝るつもりなんか微塵もなかったんでしょう、そんな顔でノアは呆《あき》れたようにため息をついて、乱れた書斎机の上を片付ける。

「我ながら大人気ないとは思うんだけれど。……あんな風に竜なんか信じきっているのを見ると、意地悪したくなるね」

手早く崩れた本の山を直し終わると、ノアはレオーネの傍の椅子に座る。レオーネの手を取って、その掌に、ノアは指先で文字を書く。

『かえしてあげて』

実に簡潔だ。

「ノアやリリアにそう責められたら、私が悪者みたいじゃないか」

ノアは再び掌に文字を書く。

『そう』

ノアはそれほど文字を知らない。だからいつも簡潔に一言二言書くだけだが、今日はその一言二言が辛らつだ。

「……じゃあ、悪者らしく、条件をつけて、ルサカを帰そうか」

レオーネはその穏やかな面差しで、ノアに微笑みかける。

＊＊＊

「割と正気なんじゃないかと思うよ」

プラチナブロンドに青い目の青年は、洗濯したてのシーツを綺麗にたたむ。ぱりっと糊《のり》を利かせて、重い鉄のアイロンをぴしっと当てて、きっちりと折り目正しくたたむ。このたたみ方は、どうみても軍隊式だ。

ルサカが常に整理整頓を心がけていたせいで、古城の巣のリネン庫はとても分かりやすい。住人ではないこの二人でも、どこに何があるのか一目で分かる。

「そうだな。もし目覚めて暴れ出したら、容赦せずに拘束しろとエルーは言っていたけど、大丈夫そうだ」

淡い栗色の髪に穏やかな青みを帯びた榛色《はしばみ》の目の青年は相槌《あいづち》を打ちながら、そのたたまれたシーツをリネン棚に積んでいく。

「そろそろ昼食の時間だし、地下室から出してやるか。さすがにあのジメジメ黴臭い場所にタキアを閉じ込めておくのは忍びない」

「アベル、任せた。俺は昼食の支度をしておく」

「了解。暴れ出したら呼ぶよ」

アベルと呼ばれた栗色の髪の青年は、鍵の束を持って地下室へ向かう。

「タキア、起きてるか」

重い鉄の扉を開けて中に声をかける。

「起きてるよ。……ちゃんと正気だ」

ヨルを抱えたタキアは、寝台に座っていた。

正直アベルは、タキアがもっと荒れているか、気力を失っているか、グズグズ泣いているか、どの道どうしようもない状態だろうと思っていた。

タキアの母親が亡くなってから独り立ちするまでは、エルーの巣で一緒に暮らしていた。巣作りで忙しいエルーの代わりにタキアの面倒を見ていたのは、このカインとアベルの兄弟騎士の番人だった。

だからタキアの性格はよく知っている。

リーンとエルーはこの歳の離れた弟を甘やかしていた。天真爛漫で甘ったれの、可愛い末っ子。打たれ弱いと思っていたので、こんなに早く立ち直るとは予想外だった。

「よし。傷はどうだ」

地下室は薄暗い。竜のタキアは暗闇でも明かりは不要だが、番人のアベルはそうはいかない。

「割といい。……結構塞がってるかな」

巻かれていた包帯は何ヶ所か外していた。タキアは袖をまくり上げて軽く腕を見せる。

「傷が塞がってるなら風呂に入れよ。血と泥でひどい事になってる。正気ならその首枷も外すから」


タキアが風呂から戻ると、アベルとカインは厨房のテーブルに昼食の準備をしていた。

「色々お前に言う事はあるが、まずはしっかり食べてからだ。……おいアベル、首枷外してやらなかったのか」

アベルの腰に下げられていた鍵の束を取って、タキアの首枷を外してやる。

「竜と鉄は本当に相性悪いな。……かぶれてる。あとで包帯巻き直す時に薬をつけよう」

タキアをテーブルにつかせて、カインは料理に戻る。

「……まず二人に謝らなきゃ。……迷惑かけて本当にごめんなさい。……兄さんと姉さんは？」

「ルサカを探しに行ってる。ルトリッツにはいそうにないから、隣国に移動するとかって言っていたな」

アベルは手馴れた仕草で食器を並べていく。エルーの巣は最初の数百年はカインとアベルしか番人がいなかった。エルーは巣作りで忙しかったたし、家事全般は、この騎士上がりの兄弟番人が分担していた。おかげで手馴れている。

「それなんだけれど……これ」

タキアはあの、握りしめていた薄紅色の呼び出し紙を見せる。

「これを、ルサカが送ってきた。白紙だけど。……どこから送られたか全く分からない……ただ、強い魔力を帯びている事だけは分かる」

カインとアベルは手を休めてタキアの掌を覗き込む。

「これは……人間と一緒にいるって事はなさそうだ。こんな強い魔力持った人間、今時いないだろ」

タキアが握りしめていたせいで、薄紅色の紙はくしゃくしゃだった。そのよれよれの呼び出し紙が、一目見ただけでも、強い魔力の影響を受けているのは分かる。

「竜……かな」

「相手が竜だったら、取り戻すのは厄介なんじゃないか」

「飼い主が見つかるまで、拾った番人を保護してるだけって事もあるぜ」

二人は再び調理に戻って、昼食の準備を続けながら思案している。

「他の竜の番人だって分かってて連れ去る、たちの悪い奴もいるからな……」

成人したてで経験の少ないタキアよりは、数百年をエルーとともに生きてきたこの二人の番人の方が、世事に詳しい。タキアは大人しく二人の意見を聞いている。

「どの道、これは多分竜の巣にいるって事だろ。今の時代にこれだけの魔力を持った人間はいない。……だからある程度、身の安全は確保できてるんじゃないか。人に捕まるよりはまともな扱いをしてもらえる」

手早くタキアの好物を盛った皿を並べる。タキアは食欲がまるでなかったが、ここで無理をしてでも食べておかないと、竜の姿に戻る体力すらない。傷も塞がりつつあるが、完治とは言い難い。これで長距離を飛ぶのは難しい。

「返すつもりがあったら、白紙の呼び出し紙なんか届かないだろ。……もう自分の番人にするつもりなんじゃないか。竜は、欲しいと思った綺麗なものは、迷わず奪うからな」

ガシャン、と陶器が砕け散る音が響いた。

「……ご、ごめん。手が滑った……」

タキアは石の床に砕け散ったカップの欠片を慌てて拾う。小声でカインはアベルを叱る。動揺させるような事を言うな。小さい声だったが、タキアにも聞こえていた。

「とりあえず、エルーとリーンが帰ってくるのを待とうか。……それから相談しても遅くない。それにリーンなら、これだけ魔力が強い竜なら知っているかもしれない。無駄に長く生きてないだろ」

「ライアネル様はご不在です。午後には一度戻ってくるとは仰《おっしゃ》っていましたが。……私はライアネル様の書記官で、単なる留守番なんです」

鉄の門扉の向こう側から、丁寧にジルドアは述べる。

「今は国中大騒ぎになっていますし……大変申し訳ないのですが、お約束がない方をお通しするわけにはいかないのです。ライアネル様がご在宅の時でしたら、また違ったのですが」

エルーとリーンは顔を見合わせる。

ここでルサカの関係者の竜だ、と言っても、絶対信じてもらえない。かと言って、どちらも傷がまだ癒えていない。そう何度も竜に戻って人に化けてを繰り返せる体力がない。

「……仕方ない、エルー。出直そうか」

諦めて出直そうとしたその時、ちょうど白樺の並木を騎馬のライアネルが走ってくるところだった。門扉まで駆けてくると、ライアネルは馬から降りる。

「この間のファイアドラゴンか。……この間より少し大きいような。今日はひとりじゃないんだな」

エルーとリーンは再び顔を見合わせ、ぼそぼそと小声で話す。

「……この騎士、魔眼持ちだ」

「もうとっくにそんなの絶滅したと思ってた」

「ルサカは面倒な父親を持ってるな」

「父親じゃないわ、血縁じゃないの。保護者よ」

ぼそぼそ話し合う二人の声は聞こえていないのか、ライアネルは深いため息をついた。

「……大暴れしてくれたものだな。ひどい被害だ。幸い死者は出なかったが、大怪我したものが大勢いる」

ルサカの行方の事だけでも心労は激しい。更にファイアドラゴンが大暴れし、突如起きた嵐の被害もひどい。不眠不休で動き続け、こうして時折屋敷にルサカが帰ってきていないか確認にも戻る。ライアネルの疲労は限界に近かった。

「落ち着いているところをみると、ルサカが見つかったのか」

それはライアネルの淡い期待だった。そうあって欲しい、という願いでもあった。

「まずは、弟の不始末を詫びる。弟は責任持って我々が拘束した。我々はルサカの竜の兄姉だ」

ライアネルは不思議そうな顔をしている。

ライアネルから見たら、リーンもエルーもタキアも、大きさが違うだけで、皆似たような外見で区別がつきにくい。魔眼を持つ人間には、どんな魔法も効かない。人の魔法も、竜の魔法も区別なく、通用しない。

更に、人に化けた竜も見破る。全ての魔を避けるのだ。まやかしなんかでは騙されない。

ライアネルの目に、この二人はどう映るかと言えば、人によく似た人ではない異形のもので、どんなに人のふりをしても、人ではないと分かる。人のふりをしている竜だ、と分かるのだ。

ライアネルはタキアに会うまで、竜に会った事がなかった。だから自分が魔眼を持つ人間だと、知らない。あの日、門の前にいたタキアを一目で竜だと見破っているが、それがおかしい事だと、ライアネルは露ほども思っていない。

そう見えているのだから、不思議でもなんでもないのだ。そもそも、一部の古代魔法の研究者でもなければ、魔眼の存在も知らない。恐らく今も、ライアネルも自分の眼の矛盾に気付いていない。皆そう見えていると思い込んでいる。

昔から、こんな騎士が稀にいた。竜の最大の武器のブレスが効かないのだから、竜と対峙《たいじ》するなら最強の人類だ。

「区別がつきにくいかもしれないが、この間ここにルサカを迎えに来たのは、弟だ。俺は兄、こっちがこの前の竜の姉」

そのやりとりを、ジルドアは呆然と見ている。ジルドアから見たら、赤毛のよく似た美貌の兄妹にしか見えていない。ライアネルとは今見えているものが全く違う。

「弟はまだ成人したてで、人間で言えば子供同然だ。ルサカを奪われて、パニックになってしまっていたんだ。……それを許せ、とは言わない。……ルサカはまだ見つかっていないし、帰ってきていないが、弟は責任持って我々が監視している。……もう迷惑をかけさせない」

ライアネルもこの言葉を聞きながら、前の竜と今目の前にいる竜は違うかもしれない、と思い始めていた。見た目もこの竜の方が遙かに落ち着いて見えるし、体躯も大きく見える。

「我々もルサカを探している。もしよければ、情報を共有してもらいたい。……今日は弟の不始末の謝罪と、その情報共有の交渉に来た」

「言いたい事は山ほどあるが、まず、ルサカを見つけ出す事が最優先事項だ。他はあとまわしでいい。……こっちが持っている情報はそれほどないが、幾つか不審な事はあった」

ライアネルが促すと、ジルドアが門扉を開き、招き入れる。

「今は手を結ぼうか。……こちらの情報を提示しよう」


「ルサカはまだ騎士団でも見つけられていない。……ただ、東の国境を越えたハーフェン領の森で、不審な遺体と馬車が発見された。……見つけたのはハーフェンの国境警備兵で、ルトリッツの騒ぎに関係があるのではないかと連絡があったそうだ」

古城の巣に帰ってきたリーンの話を、タキアは静かに聞いている。

エルーはタキアの隣に座って手を握ったまま、離さない。タキアの狂乱を警戒しているのもあるし、タキアが心配でたまらないのもある。

「凍死した男の遺体がふたつ。そいつらのものと思われる、完全に凍結した幌馬車がひとつ。馬車の中には、人が入れる大きさの檻と、血痕があった。……凍った遺体も馬車も、なかなか溶けなかったと言っていたから、多分魔法か竜のブレスで凍結されたんだろう」

「……やはり竜かな」

リーンはタキアが握っていた薄紅色の紙を掌に載せ、見つめている。

「……この紙が強い魔力を帯びているのが気になる」

「これだけ強い魔力を持つ竜なら、知り合いの誰か分かるんじゃないのか。……竜同士は縄張りの確認をしているんだろう？」

竜は縄張りを報告し合う。無駄な争いを引き起こさないために、必要な連絡だ。一定の範囲内にいれば、竜は言葉がなくとも連絡をとり合える。お互い縄張りを侵さないよう、確認するのは重要な事だ。

「この辺りにこんな強い魔力を持った竜なんかいない。……かといって、人間にこんな魔力持ちがいるとは思えないが、流れの竜か。……流浪していて関りを持つ事を嫌うものも、稀にいるからな」

リーンはちゃらちゃらと怠惰に過ごしているように見えるが、アベルの言う通り、無駄に千年も生きていない。巨大な巣を持ち、維持できる強さと才覚がある。竜としてはかなりクラスが上の実力者だ。そのリーンが、これほど警戒している。

タキアは嫌な予感しかしない。

竜が人間や財宝、縄張りを奪い合う事は、極稀にではあるが、ない話ではない。そうなると穏便に終わる事はない。

「……でも、人間に捕まるよりはいいわ……。竜なら、番人を傷つけたりしないもの。少なくとも、大切に扱ってもらえる」

ルサカが安全なところにいる、それだけが救いだ。どこにいるか分からなくとも、少なくとも命の心配も危害を加えられる心配もないなら、ひとまずは安心できる。

「問題は、ルサカを保護している何者かが、返す気があるのかないのか、というところだ。……白紙の呼び出し紙という事は、返す気がないのかもしれない。あれば連絡をとれるはずだしな」

その時、タキアの目の前に、ふわり、と白い小さな紙が現れ、舞い落ちる。

「……呼び出し紙だ！」

タキアが慌てて掴む。

竜の言語が綴られた、強い魔力を帯びた呼び出し紙だった。心臓が破裂しそうなくらい、脈打っている。タキアは震える手でそれを開いた。

＊＊＊

ライアネルの屋敷から攫われて、何日が経ったか。

何週間も経っているわけではない。それでもルサカはもうずっとタキアと離れているような気がしていた。

薄氷の屋敷に来てから初めて、ルサカはレオーネに連れられて、屋敷を守る黒い森の外れにやってきた。今は昼間のはずだが、黒い森は夕闇のように、仄暗い。

「……そろそろ君の主が来る頃じゃないかな」

レオーネはあの時着ていた白いクロークをまとっていたが、これは彼の清廉《せいれん》さをとても強調しているとルサカは思った。

レオーネがタキアに手紙を送る時、とても長い文章を書き込んでいた。それがどんな内容だったのか、レオーネは口を割らない。竜の言葉で書かれたその手紙は、ルサカが覗き込んだところで読めない。

レオーネがすんなりタキアにルサカを返すはずがない、とルサカも思っている。この綺麗で穏やかな微笑みの主が、一筋縄でいかないのはよく分かっているが、一体何を企《たくら》んでいるのか、全く見当がつかない。

ルサカにあんな意地の悪い要求をしたように、タキアにも無理難題を押しつけるのではないかと、内心気が気ではなかった。落ち着かないルサカの様子に、レオーネが小さく笑う。

「……そんなに心配？」

「レオーネ様は意地悪するから、心配です」

きっぱり言いきると、レオーネはくすくす笑い出す。

「随分だなあ。……うん。来たようだ」

黒い森の木々が、一斉にざわざわと枝を揺らし始める。こうして来訪者を導き知らせるのかと、ルサカは木々を見上げる。仄暗い小道の奥に、人影が見えた。

「……タキア！」

思わず名前を叫ぶ。駆け出そうとしてから、ルサカはレオーネを振り仰ぐ。レオーネは変わらずに穏やかな微笑を浮かべたままだった。

「いいよ。……行くといい。どの道、私がいなければ森からは出られないけれどね」

弾かれたようにルサカは駆け出す。言葉など、何も浮かばなかった。

「……ルサカ！」

胸に飛び込んできたルサカを抱きしめて、タキアは言葉を詰まらせている。言いたい事はたくさんあった。けれど何一つ言葉にならなかった。ルサカは夢中でタキアにしがみつく。

「……無事でよかった」

タキアも言葉にならないのか、ルサカをただ抱きしめて、その柔らかな髪に頬を埋める。

「絶対に連れて帰るから」

その時、タキアがひどい怪我を負っている事に、ルサカは気付く。抱きしめた背中に、包帯の感触があった。

「……タキア、怪我をしてるの？」

「ちょっとね。……もう塞がりかけているから、心配はいらないよ」

嫌な予感がする。

タキアにやっと会えて嬉しいのに、今、心の底から、不安になっている。

「……ようこそ、黒い森へ。……私が君に手紙を送ったレオーネ・バーテルスだ。ルサカを預かっていた」

背後から、レオーネの穏やかな声が響く。

「ルサカを助けてくださって、ありがとうございます。レオーネ・バーテルス卿。心から感謝致します」

タキアの手を握りしめたまま、ルサカはその不安と戦う。不安に押し潰されそうなくらいに、胸騒ぎがする。

「ルサカが助かったのは、運がよかった。それだけだったと、分かっているかい？」

「……卿がいなければ、もう二度とルサカに会えなかったかもしれません。僕の責任であると、十分理解しています」

タキアのせいじゃない。タキアはあれほど反対していたし、止めたのだ。そう言いたいのに、ルサカの咽喉はからからに渇いて、声にならなかった。

「……では、約束を果たしていただこうか」

「はい」

タキアは繋いでいたルサカの手を離す。

「……ルサカ、危ないから下がっていて」

「タキア……？」

「そういう条件で返す事になっているんだよ、ルサカ」

レオーネは純白のクロークを脱ぎ捨てると、右手を差し出す。その右手の掌から、真っ白な霧のような冷気が立ち昇り始める。ぴしっ、と薄氷を踏むような音を立てながら、その冷気は小さな欠片を作り、集《つど》い、巨大な剣を作り始める。

ルサカは今、何が起ころうとしているのか、認めたくなかった。

「……私と戦って、勝てばルサカを返す。……負ければ、私の竜になってもらう。そういう約束だよ」

レオーネの掌で、みしみしと音を立てながら巨大な氷の剣は成長を続ける。

意味が分からなかった。分からずとも、不安はますます増していく。タキアを見上げると、察したのか、ルサカの髪をそっと撫でる。

「ルサカ。……バーテルス卿は竜じゃない。……竜眼の竜騎士だ」

竜の眼と高い魔力。それでルサカは、レオーネは竜だと思い込んでいた。

ふと、思い出す。レオーネの手は、その綺麗で穏やかな顔に似つかわしくないほど、無骨で骨ばっていた。あんな手を、よく知っていたはずだ。

剣を握る手だ。

ライアネルがあんな手をしていたのに、何故、気付かなかったのか。

「魔眼を持たない竜騎士は、竜に眼を与えられる。だから人の眼ではなくなるんだよ」

そうだ。

ルサカは思い出す。

レオーネはすぐにルサカが番人になりたての、竜に慣れていない未熟な番人と見抜いていた。竜と竜騎士の区別がつかないから、未熟で不慣れだと分かったのか。

「……竜は生涯一人の竜騎士しか持てないけれど……。竜騎士は何度でも竜を持てる。バーテレス卿は、竜をなんらかの理由で失った竜騎士だ」

竜なんか信じられるのか、とレオーネは言っていた。生涯をともにするはずだった竜と、一体何があったのか。一体何が起こったというのか。今知った事実に、ルサカは混乱を隠せなかった。

「……私に勝ちさえすれば、ルサカを返すけれど。……負ければ、ルサカは共有される財産になるね。それが嫌なら、私に勝つしかない」

身の丈ほどに成長した氷の大剣を握ると、レオーネは軽々と振り、地面に突き立てる。この細身の優しげな姿のどこに、こんな力があるのか。

レオーネがいつの時代から生きているのかは分からないが、タキアより遙かに戦闘経験があるのは間違いない。そしてこの、竜に勝るとも劣らない高い魔力だ。戦闘能力も高いだろう、というのはルサカにも分かる。そんな歴戦の竜騎士に、巣立ったばかりの若輩者のタキアが、勝てるはずがない。

「ルサカ、危ないから離れて」

差し伸べられたタキアの手の指先から、青白い焔がゆらゆらと立ち昇る。

「だめだ！」

ルサカは竜化を止めようとタキアにしがみつく。

「こんな怪我してるのに、レオーネ様に勝てるわけないじゃないか……！　それどころか、命だって……！」

「ここで戦わなければ、ルサカを連れて帰れない。……負けても、一緒にはいられる。僕はもうルサカがいないなんて、耐えられないんだ」

青白い焔は次第に勢いを増し、タキアの身体を覆い尽くしていく。もう竜化を止められないかもしれない。

「ルサカの傍にいられないなら、死んだ方がましだ」

「……だめだ！　そんなの、絶対にだめだ！」

ルサカはタキアとレオーネの間に立ちはだかる。

「レオーネ様、タキアはひどい怪我を負っている！　このまま戦ったら死んでしまうかもしれない。……お願いします。止めてください。お願いします……！」

咽喉が焼けそうに痛む。渇いた咽喉から無理矢理に声を絞り出し、叫ぶ。

「私は構わないよ。……彼にはひとりでお帰りいただく事になるけれどね」

巨大な氷の剣は冷気を放って、みしみしと鳴り続ける。ルサカは魔力で作り上げた剣を初めて見たが、それでもこれが恐ろしいほどの魔力を帯びた魔剣だと分かる。

生身で竜に勝てるほどの強さを誇る魔法騎士が、竜の強靭さと力を得る。どれだけの強さか計り知れない。

「……タキアの傍にいられないなら、ぼくだって死んだ方がましだ！」

そう叫んだ瞬間、誰かがレオーネの剣の前に立ちはだかった。

「レオーネ様、私たちからもお願いします。……ルサカを返してあげて。お願いします」

流れる蜂蜜のような髪の乙女と、黒い巻き毛の猫のような少年。薄氷の屋敷で留守を守っているはずの、リリアとノアだった。

「……まさか、リリア。ここまで歩いてきたのか……」

足の不自由なリリアが、この距離を移動するのはとても困難な事であったはずだ。激しい痛みもひどい疲労もともなう。レオーネは言葉もなく、リアとノアを見つめる。

「ノアが支えてくれました。ちょっと時間がかかってしまったけれど、間に合ってよかった……。お願いします、レオーネ様。……ルサカを返してあげてください」

ふらつくリリアをノアは抱きかかえ、支える。そんな二人の姿を見て、レオーネの心が動かされないはずがなかった。

「……レオーネ様だって、分かっているんでしょう。……彼はルサカの傍にいるために、命を賭けられるくらい、ルサカを大事にしているって。誰にだって、過《あやま》ちはあるもの。お願いします。許してあげて。彼はとても後悔しています……!」

パン、と氷の砕け散る音が鳴り響いた。

レオーネの氷の魔剣が砕け散り、無数の小さな氷の欠片が煌めきながら仄暗い黒い森の空に舞い散った。

「……ルサカ、こちらへ」

促されて、舞い落ちる小さな氷の雨の中を、素直にルサカはレオーネに歩み寄る。

ルサカの右手を取り、レオーネは短く何かの呪文を唱える。ルサカの右の小指に、冷気の糸が生まれ、螺旋《らせん》を描きながらしなやかに編まれていく。数秒でそれが小さな白金の指輪になり、ルサカの小指に収まった。

「これは祈りの指輪だ。……数回しか使えないが、祈ればこの森に辿り着ける」

ルサカの手を離し、背中を押す。

「……帰りなさい」

ノアからリリアの身体を受け取り、抱き上げながら告げる。

「……レオーネ様……」

「許したわけじゃない。リリアとノアに免じて、この場を収めるだけだ。……そうだね、勝負はまた次の機会に。それまでは、他に竜騎士を持たないでいてもらいたいものだ」

レオーネはまたあの穏やかな微笑みを浮かべる。

「レオーネ様、ありがとうございます……！」

ルサカはまっすぐにタキアに駆け寄る。駆け寄って、迷わずに抱きついた。

「……バーテレス卿、感謝致します。ルサカを救ってくれた事、守ってくれた事を、決して忘れません」

この時、タキアの声が震えていた事を、ルサカは一生忘れないだろう。

「行きなさい。……森の出口はすぐに閉じるよ。振り返らずに進みなさい」

横抱きにリリアを抱きかかえて、促す。二人は去っていくレオーネたちの姿を見送る。

「……勝算なんて、全くなかったんだけどね。怪我をしていなくても、バーテレス卿には勝てそうになかったな」

心なしか、見上げたタキアの顔は少し大人びて見える。

「ずっと竜だと思っていた。……竜騎士はあんな魔法を使うんだね……」

「……竜の力を得た竜騎士に勝てる竜なんてそうそういないよ。多分、兄さんでも無理だ」

タキアはルサカの手を取って、森の出口に向かって歩き出す。

「ごめん。……タキア、本当にごめんなさい……。こんな事になったのは、全部ぼくのせいだ。……ぼくが帰りたがらなければ、こんな事にならなかった……」

手を繋いだタキアの袖口から、ちらっと包帯が見えた。ルサカの胸が痛む。

「この怪我も、ぼくのせいだよね……」

「ルサカは悪くないよ。……僕がちゃんと守れなかった、それだけだ。……バーテレス卿の言う通りだね」

「違う！　……なんだよ。なんで叱らないんだよ……」

思わず涙声になる。

「わがまま言ったのはぼくじゃないか。……ぼくのせいで、タキアがこんな目にあったんだろう！」

タキアは少しかがんで、ルサカの頬に軽く口付ける。

「ルサカが帰ってきてくれて、嬉しい。……それだけでもう、どうでもよくなっちゃったよ。

早く帰ろう。皆心配してるしね」

変わらずに、子供のように無邪気に笑う。

その笑顔にこんなにも切なくなるなんて、ルサカは知らなかった。ぎゅっとタキアの手を握って、見上げ、微笑みを返す。

「……帰ろう。一緒に」

繋いだ手を、二度と離さない。

＊＊＊

黒い森を出ると、古城の巣のあの断崖絶壁のエントランスに立っていた。高いところがあまり得意ではないルサカは、タキアの背中にしがみついたまま腰が抜けそうになっていたが、びくびくしている場合ではなかった。

「タキア、ルサカ！　無事でよかった！」

二人が戻った事に気付いたリーンにタキアごと担ぎ上げられて、あっという間に巣の中に運び込まれる。さすが人外、人ふたりを余裕で担ぎ上げられるんだ……とルサカは思わず感心する。

「タキアがルサカを連れて帰ってきたぞ！」

「タキア、ルサカ……！　よかった、本当に心配してたんだから……！」

「まさか竜騎士に勝ったのか、タキア」

「よく勝てたな。絶対無理だろうと思ってたのに。……竜騎士連れでご帰宅だと思ってたぜ」

「勝ってないよ！　勝てるわけないじゃないか！」

客間に入るなりもみくちゃで、ルサカは何がなんだか分からなかったが、タキアももみくちゃにされていて大変な事になっている。

「でもルサカを連れて帰ってきてるじゃないか。……ああ、そうだ挨拶まだだったね。はじめまして、ルサカ。聞いてるかもしれないけど、俺はカイン。エルーの番人だ」

もみくちゃにされているルサカを引っ張り出して、背の高い、金髪の男性が改めて自己紹介する。

「本当にものすごい綺麗な子だな……。エルーの話以上だ。ああ、俺はアベル。カインの弟だ」

アベルの方が少々、ちゃらっとした雰囲気。カインはほんのり、ライアネルに似た雰囲気を持っていた。この生真面目そうな、堅そうな雰囲気がそう見せているのかな、とルサカは思う。

「……ああそうだ。ヴァンダイク卿にルサカが無事帰宅したと連絡しないとな。随分心配していたし、憔悴しきっていたから、俺が帰りがけに寄って連絡しておく」

「……リーンさんが？」

「この間、ルサカの事で会いに行ったのよ。結構ふたりは話が合うみたい」

生真面目なライアネルと、この、美貌だけれどちょっと軽薄なリーンが？　ピンと来ない。

その不思議そうな顔のルサカを見て、エルーがにこっと笑う。

「おかえり、ルサカ。無事でよかった」

素早くかがんでルサカの頬に軽く口付ける。

「……姉さん！」

すぐさまタキアがエルーとルサカの間に割って入る。

「ほっぺたくらいで大騒ぎしないの」

割って入ったタキアの頬にも軽く口付け、タキアを抱きしめる。

「……本当に、よかった。タキアも無事に帰ってきてくれて、本当に嬉しい……」

エルーの声は震えていた。成人したてでまだ子供同然の、ろくに経験も積んでいない若い竜が、歴戦の竜騎士に勝てるはずがない。生きて帰れないかもしれない弟を見送った彼らの気持ちを考えると、ルサカは言葉がない。

「……姉さん……心配かけてごめんね。ありがとう」

「本当に、ぼくのわがままのせいでたくさん心配も迷惑もかけて、ごめんなさい……」

思わずルサカは詫びる。どれだけの人に迷惑をかけたか、考えるまでもない。こんな事になるとは思いもしなかったとはいえ、大変な事態を引き起こしたのは事実だ。

「……俺たちも、厳しくタキアに言い聞かせておかなかったからな。それも悪かったんだ。……あまり気分のいい話じゃないからね。番人を人の世に帰したらどうなるか、タキアに聞かせたくなかったのもある」

なんだかんだでこの兄姉が、タキアをとても愛し、可愛がっているのはルサカにも伝わっていた。ルサカにちょこちょっかいを出すのは竜にとっては挨拶のようなものだし、弟をからかっている意味合いも強い。

「……まずは二人とも、疲れているだろうしヴァンダイク卿への連絡は俺がしておくから、ゆっくり休むといい。……早くふたりきりになりたいだろうし。邪魔者は退散しよう」

ぽん、とエルーに抱きしめられたままのタキアの頭を軽く撫でる。

「ほら、エルー。いつまでもタキアを独占してないで帰るぞ」

名残惜しげにエルーは身体を離して、もう一度、タキアの頬に口付ける。

「……いつでも私たちはタキアの味方よ……。絶対に忘れないで」

タキアがこんなに優しく素直なのは、これほど愛され、慈しまれて育てられたからかもしれない、とルサカは思う。

竜も人も、誰かを愛する気持ちに違いなんか、ない。


「……急に静かになっちゃったね」

「いつもの巣に戻っただけなのにね。思えばあんなにたくさん人がこの巣にいる事なんか、初めてだった」

リーンたちが帰っていって、いつもの二人きりの古城の巣になっただけなのに、いやに広々と静かに感じられた。

「母さんが亡くなってからは、姉さんの巣で暮らしていたんだけど……カインやアベルだけじゃなく、他にも番人がいたし賑《にぎ》やかだったな」

見上げるルサカの視線に気付いて、ルサカの髪を撫でながら、タキアは微笑む。

「……おかえり、ルサカ」

「ただいま、タキア」

ここが家になったんだ、とルサカは実感する。

ライアネルと暮らしていた青い屋根の石造りの屋敷ではなく、この古城の巣が、家になった。

帰る場所になった。タキアがいる場所が、帰る場所になった。

「……うん。ルサカの匂いだ」

ルサカを両手で抱きしめて、タキアはルサカの柔らかなココア色の髪に顔を埋める。タキアに言いたい事はたくさんあったのに、何ひとつ言葉にできない。声にならない。何か言葉にしようとすると、声のかわりに、涙が溢れて頬を滑り落ちた。

「……ルサカ、なんで泣くの。……帰ってきたんだよ。……笑ってよ」

その涙に唇を寄せて、タキアは囁く。

「……なんで、ぼくのために怪我なんかするんだよ。……なんでぼくのために、竜騎士と戦おうとするんだよ。……ぼくは、タキアに何もしてやれないのに。……ぼくのわがままのせいでタキアがこんな目に遭ったのに」

うまく言葉が出てこない。思っている事を口にするのがこんなに難しい事だなんて、ルサカは知らなかった。こんな事を言いたいんじゃない。けれど何をどう言えばいいのか、わからなかった。

タキアに伝えたい事はたくさんあったのに、どれも言葉にできなかった。タキアはルサカを抱いて髪に顔を埋めたまま、頷く。

「じゃあ、僕と千年を越えよう。……千年経てば、僕も竜騎士に勝てるくらいになれるかもね。……頑張って君を守るから、一緒に長い命を生きてよ。……もっと強くなるから」

タキアの胸に顔を埋めたまま、ルサカは声をあげて泣く。子供のようにしがみつき泣きじゃくるルサカの背中を抱いて、宥めるように撫でる。

「ルサカ、笑ってよ。……せっかく帰ってきたんだから」

顔を上げ、タキアを見上げて涙を拭う。泣きながら、ルサカは笑う。

「……うん。……もうどこにも行かないよ。ここがぼくの家になったんだ。タキアがいるところが、ぼくの家だ」

「……評議会への報告はいかがでしたか、ライアネル様」

リーンからの知らせを国務評議会へ報告に行っていたライアネルを、いつものように第六騎士団の副団長室で待ち構えていたジルドアが出迎える。

疲れた顔をしたライアネルは、珍しく不機嫌だ。ろくに返事もせずに窓際の自分の席に座ると、深いため息をつく。

「ルサカくんは竜の巣に帰ってしまいましたが、無事で何よりです。……まずはライアネル様、お疲れ様でした。職務である以前に、ルサカくんはライアネル様にとって、大切な家族です。大切な家族を無事に取り戻せた事、心からお喜び申し上げます」

むっつりと黙り込んでいたライアネルが、ようやく、口を開く。

「取り戻せていないな」

ジルドアもこれは失言だったな、と少し反省する。確かにルサカは無事だった。無事だったが、帰ってきたわけではない。なかなかに複雑な問題だ。

あの日、あんな風に攫われたりしなければ、結局はルサカはヴァンダイク家から竜の許へ帰って行ったはずなのだが、それでもライアネルが諸々の事情に納得しているわけではない。

『仕方なしに』現状を受け入れているだけだ。

幾ら竜に愛され、大事にされていると言っても、経緯が経緯だ。ルサカに選択肢はなかった。竜の番人になり、もう人の世に帰れないなら、竜の巣で一生を送るしか道はない。それがどうにもならない現実だと、分かっている。だからといって納得がいくはずがない。

ライアネル様は生真面目だから、適当に大らかに考えられないんだろうなあ。そんな事を考えながら、ジルドアは茶を淹れ始める。

ライアネルは再びむっつりと黙り込んだまま、窓の外を眺めている。

「……なんにせよ、ルサカくんが無事だった事を喜びましょう。生きてさえいれば、また、ルサカくんに会う事もできるはずです」

ジルドアにしては、感傷的なセリフだった。

「それにライアネル様、ひどい顔ですよ。やつれてパサパサです。……ルサカくんも無事だった事だし、今日からは安心してぐっすり眠れるでしょう。今日くらいは早くお帰りになっては」

押し黙ったままのライアネルの手元に茶を置くと、ジルドアは大人しく、自分の席につく。

ライアネルはジルドアの淹れたお茶に手を伸ばしながら、あの日、ルサカの無事を知らせに来た時のリーンの言葉を思い返す。

『認めてくれと言うのは簡単だ。だが、お前は人の言葉でそんな簡単に納得するような男じゃない』

この異形の生き物は、意外に人間の心の機微に理解を示している。竜も人の気持ちを考えられないわけではないのだな、とライアネルも思った。

何もかも認められたら、ライアネルだって楽になれる。それでもそう簡単にいかないのが人の心だ。すっかり日が暮れた窓の外を見上げながら、ライアネルは小さく、ため息を洩らす。

自分でも頑なだと思ってはいる。


二人仲良くタキアのベッドに潜り込んで、何をするわけでもなく、くっついているだけで、幸せな気持ちになれた。

タキアはルサカを抱きかかえて髪に顔を埋めて、ずっとルサカの匂いを噛みしめているし、ルサカはタキアの胸元に顔を埋めて大人しくされるがままになっている。

「……久し振りのルサカの匂いだ……」

頬を擦り寄せて、うっとりと呟く。しばしばタキアは『ルサカはいい匂いがする』と言っているが、それがどんな匂いなのか、ルサカは全く分からない。

ライアネルやジルドア、マギーにも言われた事はないし、もしかしたら竜だけに分かる匂いなのか。

「その匂いがよく分からないんだけど……竜にしか分からない匂いなの？」

タキアの胸元に顔を埋めて、嗅いでみる。特に何か匂いがあるかというと、ない。強いて言えば、さっき塗った傷薬の薬草っぽい匂いくらい。

「……そうなのかな？」

タキアは少し考え込んでいる。

「うーん……純潔の人間からはいい匂いがするんだけど、ルサカみたいな匂いの人はあまりいないかな……。番人も匂いがするね。……だいたいいい香り」

「どんな匂いなの？　……よくタキアがいい匂い、って言ってるけど、どんな匂いなのか気になる」

「どんな……そうだなあ」

タキアは再びルサカの髪に顔を埋める。

「……強いて言えば……甘い香りかな」

真剣に言い表そうと、考え込んでいるようだった。

「砂棗《すななつめ》の花の匂いに似てる。……砂漠の棗の木なんだけど、その花の匂いに似てるんだよね」

砂漠なんて、遠い国にしかない。ルトリッツから遙か遠い場所だ。当然、ルサカは見た事もない植物だったし、砂漠なんて本の挿絵でしか見た事もない。

「タキアの故郷は砂漠のある国だったの？」

「うん。ここからかなり離れてる、遠い西の国だよ。……いつかルサカを連れて行けたらいいな」

「どんなところなのかなあ。……砂棗の花の匂いも、どんなのだろう」

笑いながらルサカは手を伸ばしてタキアの頬を両手で包んで、口付ける。触れていたルサカの唇に甘く噛みついて、タキアはくすくす笑う。

「ほんのりと甘い匂いなんだけれど、なんだろうなあ…ただ甘いだけの香りじゃないんだ。……それでいて、慎みもある感じ」

どんな匂いなのか、分からない。分かったような分からないような。甘いけれどただの甘い香りじゃない。慎みのある。全く意味不明だ。

さっぱり分かんないよ、という顔をルサカがしていたのか、タキアは耳元に唇を寄せ、ぺろっ、と舐める。

「……分かりやすくいうと、官能的な匂い。……甘く誘ってるんだけど、慎みがあって、その慎みがなんだか余計にえっちな感じ」

そんな匂いだったのか。

「それ褒められた気がしないんだけど……」

なんだかふしだらな匂いじゃないか、とルサカは複雑な心境だった。想定外の『いい匂い』だ。

「そうだなあ、褒められたものじゃないな。そうやって、他の竜も惑わしてるからね。……僕だけにして欲しいんだけど、そうもいかないよね」

ものすごい殺し文句を言っているという自覚は、タキアには絶対ない。

真面目な顔をして言っているし、本心なんだろうけれど、こんな時にどう返したらいいのか困るから止めて欲しい、とルサカは思っている。

たまにはタキアにもこんな思いをさせたいんだけどな、と少し考えて、もう一度タキアの頬を両手で挟んで、引き寄せる。

「……傷が治ったら、たくさん交尾しよう。……じゃ、おやすみ！」

もう一度、タキアの唇に口付けて、ルサカは枕に顔を埋める。

何を言われたのか、タキアは一瞬理解できなかった。

「……え？　ええ!?　今なんて言ったのルサカ！　もう一度！　もう一度言ってよ！」

「やだよ、こういうのは何度も言うものじゃないんだよ。……おやすみー！」

タキアを抱えて枕に押しつけて、毛布に一緒に包まる。

「……ルサカから言ってくれたの初めてだよね！」

「はいはいおやすみ、タキア」

額と額を合わせて、二人でくすくす笑う。

笑って、それから目を閉じ、同じ夜を過ごそう。

あとがき

こんにちは、はじめまして。宵《よい》といいます。この『竜の棲み処』が初めての本になります。よくよく考えると、ちょっと怖い話かもしれません。それをあまり悲壮感なく、うっかりほのぼの読めちゃうような、そんな感じに書けていたらいいなって思っています。

素敵なカバーイラストを描いて下さった一夜《ひとよ》先生、ありがとうございます。ふたりのこの手と手を見るだけでも、二人の関係が、空気が伝わるって、すごい。夢のような美しさで、ルサカの紅い花に触れるタキアの指先が、大切なものに触れるような、ちょっと淫靡なような。そんな仕草で、すごくときめきます！　この物語をたくさんの人に読んで頂ける機会を与えて下さったE編集長にも、感謝を。不慣れな私に、根気よく色々教えて下さって、とても勉強になりました。筆舌にしがたいくらい、得るものがたくさんありました。時には色々と気遣って下さって、本当にありがとうございます。

ライアネルやレオーネのエピソードを書ききる事が出来なかったのが心残りです。またいつか、このお話の続きを読んで頂けたらいいなあとも思っています。読みたいって言って頂けたらいいなあ。

読んで下さってありがとうございました。またどこかでお会いできたら嬉しいです。

LiLiK Label

この本を読んでのご意見、ご感想などをお寄せください。
宵先生、一夜人見先生へのお便りもお待ちしております。
〒162-0813 東京都新宿区東五軒町 3-6
株式会社ブライト出版　LiLiK 文庫編集部気付

リリ文庫は、2016 年 4 月 1 日からブライト出版の発行になりました。

リリ文庫
竜の棲み処

2016 年 10 月 31 日　初版発行

著者　宵
発行人　柏木浩樹
発行元　株式会社ブライト出版
〒162-0813　東京都新宿区東五軒町3-6
電話03-5225-9621（営業）
印刷所　株式会社 誠晃印刷

ISBN　978-4-86123-705-8　C0193